ゆっくりおやすみ、樹の下で

高橋源一郎

朝日文庫

本書は二〇一八年六月、小社より刊行されたものです。

『ゆっくりおやすみ、樹の下で』目次

ゆっくりおやすみ、樹《き》の下《した》で

1 こんにちは

わかりますね？　これは、ぬいぐるみです。もちろん、テディベアの。どうして、いきなり、こんなものが出《で》てきたのでしょう。

いや、その前《まえ》に、ちょっとひとこと。

こんにちは。はじめまして。みなさん、お元気《げんき》ですか。いまから、みなさんに、ひとつお話《はなし》をしたいと思《おも》っています。

ほんとうは、最初《さいしょ》に、わたしのことを紹介《しょうかい》しなきゃなりません。だって、そうでしょう。道《みち》を歩《ある》いていて、知《し》らない人《ひと》が、いきなり、「ぼくのお話《はなし》を聞《き》いてくれるかい」と話《はな》しかけてきたら、ちょっとビビる。

それでもって、「24時間《じかん》ぐらいかかるけど、いいよね」といったら、もっとこわい。というか、そんな時間《じかん》はありませんよね。

なにしろ、きみたちは、これから、塾《じゅく》に行《い》かなきゃならないし（もちろん、宿題《しゅくだい》もやらなきゃならない）、その後《あと》は、ヤマハ音楽教室《おんがくきょうしつ》に行《い》ってエレクトーンを練習《れんしゅう》しなきゃならない。あわてて家《いえ》を出《で》てきたので、宿題《しゅくだい》の「君《きみ》の名《な》は。」のテーマをちゃんと弾《ひ》けないかもしれない。ああ、先生《せんせい》に怒《おこ》られる！　せっかく、「あなたの好《す》きな曲《きょく》でいいよ」って、いわれていたのに！

いや、まだやることがあった。おかあさんと約束《やくそく》しているので、「中学受験《ちゅうがくじゅけん》に役《やく》に立《た》つ朝日小学生新聞《あさひしょうがくせいしんぶん》」も読《よ》まなきゃならない。読《よ》まないと、お小《こ》づかいを減《へ》らされるから！　なんてことだ。

そういうわけで、きみたちはたいへん忙《いそが》しいので、知《し》らない人《ひと》のお話《はなし》を聞《き》くひまなんかないことを、わたしはよく知《し》っています。

忙《いそが》しいのは、きみたちだけじゃありません。きみたちのお兄《にい》さんやお姉《ねえ》さんも、おとうさんやおかあさんも、すっごく忙《いそが》しいみたいです。電車《でんしゃ》に乗《の》ってみれば、わかります。

腰《こし》かけに座《すわ》ったとたん、みんな一斉《いっせい》にスマホの画面《がめん》を見《み》つめはじめます。いや、腰《こし》かけに座《すわ》れなくても、やっぱりスマホを取《と》り出《だ》して、熱心《ねっしん》に見《み》ています。

あんなに真剣《しんけん》に見《み》つめているのだから、ものすごく大切《たいせつ》なことが、そこには映《うつ》っているのでしょうか。仮《かり》に、大切《たいせつ》なことがいろいろその画面《がめん》には映《うつ》っているとしても、たまには、窓《まど》の外《そと》の風景《ふうけい》を眺《なが》めてみたらどうでしょう。夏《なつ》が近《ちか》づくと、空《そら》の青《あお》が、どんどん鮮《あざ》やかになってくるし、樹《き》の葉《は》っぱも緑色《みどりいろ》が濃《こ》くなっているのが、わかるんですけれどね。

ゆっくりやってみるのも悪《わる》くないんじゃないかな。すると、急《いそ》いでいるときには気《き》づかなかったことに、気《き》づきます。たとえば、すべてがゆっくりなミレイちゃんは、そのために、夜《よる》、道《みち》を歩《ある》いていて、「あら、人形《にんぎょう》が落《お》ちてる」と思《おも》って、近《ちか》づいたら、それは大《おお》きなカエルで、悲鳴《ひめい》を上《あ》げたりするわけなんですが。

わたしは……まあ、いいでしょう。このお話《はなし》が終《お》わる頃《ころ》に、わたしの正体《しょうたい》はお教《おし》えします。とにかく怪《あや》しい者《もの》ではありません。約束《やくそく》します！　だから、それまでは、わたしのことなんか気《き》にしないでください。

さあ、お話《はなし》を始《はじ》めましょう。

2　ミレイちゃん

このお話《はなし》の主人公《しゅじんこう》のミレイちゃんです。

ミレイちゃんは、小学校《しょうがっこう》5年生《ねんせい》の女《おんな》の子《こ》で、とても可愛《かわい》い。まあ、わたしの意見《いけん》ですが。

ミレイちゃんは、背《せ》は小学校《しょうがっこう》5年生《ねんせい》の女《おんな》の子《こ》としてはふつうだと思《おも》いますね。ただ、ちょっとやせすぎているんじゃないでしょうか。子《こ》どもというものは、むくむくしていたり、ぴちぴちしている方《ほう》がいい。抱《だ》き上《あ》げると、ずっしり中身《なかみ》が詰《つ》まっている感《かん》じがする、その方《ほう》が素敵《すてき》だ。そんな気《き》がします。

とにかく、ミレイちゃんは軽《かる》すぎます。あんなに年《とし》をとったおとうさんが楽々《らくらく》抱《だ》き上《あ》げることができるんですからね！　それに、ミレイちゃんは肌《はだ》の色《いろ》も白《しろ》すぎる。もしかしたら、ミレイちゃんがちっちゃい頃《ころ》、しょっちゅう病気《びょうき》になって、大《おお》きな病院《びょういん》

に何度《なんど》も入院《にゅういん》したことがあるせいなのかもしれません。

だからでしょうか、おとうさんは心配《しんぱい》して、ミレイちゃんの顔《かお》を見《み》ると、いつも、

「ミレイちゃん、ご飯食《はんた》べた？」と聞《き》くわけです。

朝《あさ》ご飯《はん》の後《あと》で、

「ミレイちゃん、ご飯食《はんた》べた？」

昼《ひる》ご飯《はん》の後《あと》でも、

「ミレイちゃん、ご飯食《はんた》べた？」

晩《ばん》ご飯《はん》の後《あと》でも、

「ミレイちゃん、ご飯食《はんた》べた？」

夜《よる》、寝《ね》る前《まえ》にキスしにいくと、

「ミレイちゃん、ご飯食《はんた》べた？」

朝《あさ》、起《お》きて、おはようをいいにいくと、

「ミレイちゃん、ご飯食《はんた》べた？」

おとうさんはうるさすぎる！　ミレイちゃんはひそかにそう思《おも》っています。だから、ミレイちゃんは時々《ときどき》、「ご飯食《はんた》べた？」といわないおとうさんが欲《ほ》しくなる。でも、それは、ほんとうに時々《ときどき》です。だって、ミレイちゃんはおとうさんのことが大好《だいす》きな

んですから。

いや、もちろん、ミレイちゃんは、おかあさんのことも大好《だいす》きですよ。ほんとうに！

その、大好《だいす》きなおとうさんとおかあさんが、ミレイちゃんの着《き》る服《ふく》についてケンカをします。それが、ミレイちゃんはちょっとイヤなんです。

おとうさんは、ミレイちゃんがフリルがついた花柄《はながら》のワンピースなんかを着《き》ているとニコニコします。ミレイちゃんの長《なが》くて、自然《しぜん》にカールした髪《かみ》にぴったりですもの。

でも、おかあさんは、ミレイちゃんの格好《かっこう》に関《かん》して、ちょっとちがう意見《いけん》を持《も》っています。たとえば、おかあさんは、ミレイちゃんを「レゲエ」の野外《やがい》ライブ（「レゲエ」というのは、南《みなみ》の方《ほう》の国《くに》で生《う》まれた、ちょっと野性的《やせいてき》な音楽《おんがく》で、コンサートではみんな踊《おど》っているし、女《おんな》の子《こ》の格好《かっこう》も、なんだか肌《はだ》の露出《ろしゅつ》が多《おお》い感《かん》じがします）に連《つ》れてゆくときは、デニムのショートパンツに白《しろ》いＴ《ティー》シャツ、金色《きんいろ》のサンダルをはかせて、頭《あたま》に花《はな》の冠《かんむり》をつけたりするんです。そんなミレイちゃんを見《み》ると、おとうさんは、

「なんてこった！　ぼくのミレイちゃんが！」と叫《さけ》ぶのでした。

3　ビーちゃん

さて、ビーちゃんです。

ビーちゃんは、クマのぬいぐるみ、いや、テディベアです。きっと、ビーちゃんと同《おな》じようなぬいぐるみが、世界中《せかいじゅう》に1354万《まん》809体以上《たいいじょう》はあるんじゃないでしょうか（数《かぞ》えたことはありませんけど）。

ビーちゃんは、いつもミレイちゃんと一緒《いっしょ》です。ほんとうに、「いつも」です。

ベッドで寝《ね》るときは、枕元《まくらもと》で、ミレイちゃんがこわい夢《ゆめ》を見《み》ないように、一晩中《ひとばんじゅう》、見張《みは》りをします（でも、ほんとうは時々《ときどき》、寝《ね》てるんじゃないでしょうかね）。

朝起《あさお》きて、目覚《めざ》めたミレイちゃんが最初《さいしょ》に「おはよう！」と声《こえ》をかけるのも、もちろんビーちゃんに向《む》かって。

「おはよう、ミレイちゃん」

ビーちゃんは、まるでずっと起《お》きていたみたいに、返事《へんじ》をします。よく見《み》ると、寝《ね》ていたのを隠《かく》すみたいに、あわてて「よだれ」を拭《ふ》いたりするんですが。

それからは、ずっと、ビーちゃんは、ミレイちゃんと一緒《いっしょ》にいます。なにしろ、絶《ぜっ》対《たい》にビーちゃんと離《はな》れたくないミレイちゃんは片手《かたて》でビーちゃんの腕《うで》をつかんだまま、家《いえ》の中《なか》を移《い》動《どう》するぐらいなんです。そうでなければ（あまり乱暴《らんぼう》に扱《あつか》うと、ビーちゃんの腕《うで》のねもとの糸《いと》がほつれてしまいます！　気《き》をつけて！）、両手《りょうて》でギュッと抱《だ》きしめたまま、ゆっくり歩《ある》いてゆきます。

ほんとうはお風呂《ふろ》にも一緒《いっしょ》に入《はい》りたいわ、とミレイちゃんは思《おも》っています。でも、それは無理《むり》というものですよ。

ところで、みなさん。ちょっと質問《しつもん》をしてよろしいでしょうか。

なに、心配《しんぱい》しないでも大丈夫《だいじょうぶ》。おかしな答《こた》え（誰《だれ》が「おかしい」なんて判断《はんだん》するんでしょうか）でも、通信簿《つうしんぼ》につけたりはしません。

実《じつ》は、ぬいぐるみはしゃべるんです。ほんとうです。知《し》ってましたか？

そんなバカなことがあるものか、子《こ》どもだからだまそうとしているんだろう、って？

仮《かり》に、そんなこと（ぬいぐるみがしゃべるということです）があるとしても、それは、人間《にんげん》が、一人二役《ひとりふたやく》でぬいぐるみの分《ぶん》もしゃべっているだけ。そう思《おも》っていませんか？

ちがいます。いのちをかけて誓《ちか》います。ぬいぐるみは、絶対《ぜったい》にしゃべるんです。こんな重要《じゅうよう》な秘密《ひみつ》をみなさんに教《おし》えてしまったから、わたしは殺《ころ》されてしまうかもしれない（ぬいぐるみはそんな乱暴《らんぼう》なことはしませんが）。でも、真実《しんじつ》はいつか知《し》られる必要《ひつよう》があるんです。

ぬいぐるみがしゃべっているところを見《み》てみたいですか？　そしたら、信《しん》じてあげる、って？　うーん。残念《ざんねん》です。ぬいぐるみというものは、その持《も》ち主《ぬし》としか話《はな》さないんです。なので、どうしても、ぬいぐるみとしゃべりたかったら、持《も》ち主《ぬし》になるしかありません。でも、ただ持《も》ち主《ぬし》になるだけでは、やはりしゃべってはくれないのです。それは……。

4　な・ん・て、素晴《すば》らしいんだ！

ところで、みなさんは、なにか「口《くち》ぐせ」がありますか？　「口《くち》ぐせ」っていうのはなにかというと、特《とく》に考《かんが》えたわけでもないのに、つい口《くち》から出《で》ちゃうことばですよ。「なに、それ、ヤベーよ！」とか「マジでええええええっ？」とか「すっごいウケるんですけど！」とか……。

まあ、確《たし》かにみなさんは、そういうことばを、しょっちゅう使《つか》っているかもしれません。でも、それは、あなたひとりだけが使《つか》っていることばじゃなく、みんなが使《つか》っていることばです。だから、あなただけの「口《くち》ぐせ」じゃありません。

たとえば、ミレイちゃんのおとうさんの「口《くち》ぐせ」は、「な・ん・て、素晴《すば》らしいんだ！」です。

どういうときに、それが出《で》るのか。いちばん多《おお》いのは、もちろん、ミレイちゃんが、おとうさんの好《す》きな、可愛《かわい》らしい格好《かっこう》をして現《あらわ》れるときです。「な・ん・て、素晴《すば》らしいんだ！」

それだけじゃありません。おとうさんは、実《じつ》はしょっちゅう、そういうのです。なにしろ、「口《くち》ぐせ」ですからね。

ミレイちゃんのおとうさんは小説《しょうせつ》を書《か》く仕事《しごと》をしているので、そのタイトルを思《おも》いついたときに、「な・ん・て、素晴《すば》らしいんだ！」。

それから原稿を、一枚《まい》書《か》いている間《あいだ》にも何度《なんど》も、「な・ん・て、素晴《すば》らしいんだ！」。ほら。わたしがこういうと、なんでも覚《おぼ》えているみなさんは、ミレイちゃんのおとうさんが、しょっちゅう、「ミレイちゃん、ご飯食《はんた》べた?」っていっていたのを思《おも》い出《だ》して、あきれるかもしれませんね。

同《おな》じことばかりしゃべってるなんて、ことばを知《し》らないんじゃないの、とか。自分《じぶん》が書《か》いたものをほめるなんて、ジコチューな人《ひと》だなあ、とか。

そんなことはありません。おとうさんが、実際《じっさい》にそのことばを口《くち》にしている様子《ようす》を見《み》たら、みなさんは、ことばを知《し》らない人《ひと》だなあ、とは思《おも》わないはずです。絶対《ぜったい》に。

夏《なつ》の夕方《ゆうがた》、涼《すず》しくなってから、ミレイちゃんを連《つ》れて、おとうさんは公園《こうえん》に散歩《さんぽ》に出《で》かけます。もちろん、ミレイちゃんはビーちゃんを連《つ》れて。

ミレイちゃんたちは、東京《とうきょう》の真《ま》ん中《なか》に住《す》んでいます。でも、その公園《こうえん》は森《もり》のように樹《き》が繁《しげ》って、なぜかいつも静《しず》かでした。

突然《とつぜん》、おとうさんが、ミレイちゃんとつないでいた手《て》に力《ちから》をいれました。

「ご覧《らん》！」

葉《は》の陰《かげ》に隠《かく》れた樹《き》の表面《ひょうめん》に、小《ちい》さなセミの幼虫《ようちゅう》がへばりついて、その背中《せなか》から、透《す》き通《とお》った生《い》きものが、けんめいにこの世界《せかい》に生《う》まれ出《で》ようとしています。少《すこ》ししか生《い》きられないことを知《し》らないかのように。そして、おとうさんは、心《こころ》の底《そこ》からこういうのでした。

「な・ん・て、素晴《すば》らしいんだ！」

5 大《だい》、大《だい》、大好《だいす》き！

ミレイちゃんのおとうさんの「口《くち》ぐせ」は紹介《しょうかい》しました。実《じつ》は、ミレイちゃんのおかあさんにも「口《くち》ぐせ」はあります。

リビングのテーブルに向《む》かって、ミレイちゃんが本《ほん》を読《よ》んでいます。だいたい、ミレイちゃんは、いつも本《ほん》を読《よ》んでいる。本《ほん》を読《よ》むのは、いいことです。それがどんな本《ほん》であっても。みなさんも、ぜひ読《よ》んでください！

ミレイちゃんは、椅子《いす》に座《すわ》り、テーブルの上《うえ》に本《ほん》を置《お》いています。なにしろ姿勢《しせい》がいい。隣《となり》の椅子《いす》には、ビーちゃんも腰《こし》かけている。その前《まえ》にも本《ほん》が置《お》かれています。『希望《きぼう》の花《はな》を胸《むね》に』とか。『日本《にほん》の神々《かみがみ》』とか。

どういう本《ほん》なんでしょう。とにかく、ミレイちゃんが読《よ》む本《ほん》より難《むずか》しいものが多《おお》いみたいです。ぬいぐるみの知性《ちせい》は、人間《にんげん》より上《うえ》だといわれているんですよ。

ミレイちゃんが小《ちい》さく声《こえ》を出《だ》して、本《ほん》を読《よ》んでいます。それは、ミレイちゃんが本《ほん》を読《よ》むときのクセです。

「僕《ぼく》もうあんな大《おお》きな暗《やみ》の中《なか》だってこわくない。きっとみんなのほんとうのさいわいをさがしに行《い》く。どこまでもどこまでも僕《ぼく》たち一緒《いっしょ》に進《すす》んで行《い》こう」

すると、ミレイちゃんの横《よこ》を通《とお》り過《す》ぎようとしていたおかあさんが（一晩中《ひとばんじゅう》、お仕事《しごと》でイラストを描《か》いていたおかあさんは、ねむけ覚《ざ》ましに、冷蔵庫《れいぞうこ》に入《はい》っている「無《む》糖《とう》コーヒー」を飲《の》みにきたのです）、いきなりミレイちゃんのところまでU《ユー》ターンして、ギュッと抱《だ》きしめ、そして、こういうのでした。

「大《だい》、大《だい》、大好《だいす》き！」

なぜ「通《とお》り過《す》ぎ」た後《あと》、戻《もど》ってくるのかというと、おかあさんは、近眼《きんがん》だし（コンタクトをはずすとよく見《み》えません）、なにかに心《こころ》を奪《うば》われていると、ほかのものが目《め》に入《はい》らなくなるからです。でも、「大《だい》、大《だい》、大好《だいす》き！」だけは忘《わす》れません。どんなときでも。

テレビを見《み》ていて、ある俳優《はいゆう》さんが出《で》てくるときも、大《おお》きなホテルのラウンジで、頼《たの》んだ紅茶《こうちゃ》とレアチーズケーキが出《で》てくるときも、カンディンスキーという画家《がか》の、海《うみ》の青《あお》にも空《そら》の青《あお》にも見《み》える不思議《ふしぎ》な青《あお》い絵《え》が載《の》っている画集《がしゅう》をひらいているときも、おかあさんは「大《だい》、大《だい》、大好《だいす》き！」とつぶやきます。

つまり、ミレイちゃんは、おとうさんの「な・ん・て、素晴《すば》らしいんだ！」とおかあさんの「大《だい》、大《だい》、大好《だいす》き！」に囲《かこ》まれて暮《く》らしているわけです。しかも、この二つのことばに同時《どうじ》に攻撃《こうげき》されることだってあるのです。

ミレイちゃんが、夜《よる》ベッドに寝《ね》ていたとしますね。すると、おかあさんがいきなり、ベッドに入《はい》ってきて、ミレイちゃんを抱《だ》きしめながら「大《だい》、大《だい》、大好《だいす》き！」。

それを見《み》ていた、通《とお》りすがりのおとうさんもベッドに入《はい》りこんで「な・ん・て、素《す》晴《ば》らしいんだ！」。

いくらなんでも暑苦《あつくる》しすぎますぞ！　一つの（小《ちい》さな）ベッドに、おとなふたり、子《こ》どもひとり、ぬいぐるみ一匹《ぴき》とは！

宮沢賢治『銀河鉄道の夜』から

6 完璧《かんぺき》に幸《しあわ》せな家《いえ》なんて どこにもない

さて、ここまでいろいろお話《はな》ししてきたので、ミレイちゃんのことがだいぶわかってきたと思《おも》います。そりゃあ、可愛《かわい》くて、ぬいぐるみをいつも抱《だ》いて、夜《よる》はベッドにおとうさんとおかあさんが進入《しんにゅう》してきて、ギュッと抱《だ》きしめながら、「な・ん・て、素晴《すば》らしいんだ！」とか「大《だい》、大《だい》、大好《だいす》き！」といってもらえるなんて、うらやましい。っていうか、ありえない。みなさんの中《なか》には、そう思《おも》っている人《ひと》もいるかもしれません。そして、ぼく（わたし）の家《いえ》とはぜんぜんちがうなあ、って。

「ぼくの家族《かぞく》はみんな仲《なか》がいい、っていわれてる。ディズニーランドにも、みんなでよく行《い》く。楽《たの》しそうに。でも、ほんとうはちがうんだ。ぼくの家《いえ》では、夜中《よなか》になると、ぼくたちが寝《ね》ていると思《おも》って、おとうさんとおかあさんがいつも、大声《おおごえ》でケンカしている。そのたびに、おかあさんは『もうリコンしたい』って泣《な》いてる。そのときには、

妹《いもうと》はおかあさんが、ぼくはおとうさんが連《つ》れてゆくことになっているんだ」

そんな家《いえ》の子《こ》どもだっているはずです。

あるいは、「おかあさんは、わたしをひとりで育《そだ》てている。とても、たいへんだ。昼《ひる》も夜《よる》も働《はたら》いているし。いつ寝《ね》ているんだろう。おかあさんのからだが心配《しんぱい》でたまらない。忙《いそが》しいから、おかあさんは、いつもイライラしてる。そして、わたしは毎日《まいにち》ぶたれる。宿題《しゅくだい》をしなかった、とか。テストの点《てん》が悪《わる》かったから、とかで。でも、わたしをぶったあと、おかあさんはいつも、わたしを抱《だ》きしめて泣《な》いている。わたしも泣《な》いている。毎晩《まいばん》のように」。

そんな子《こ》どもとか。

彼《かれ》らにとって、ミレイちゃんは、うらやましすぎる。そう思《おも》うかもしれません。でも、ミレイちゃんのところは、世《よ》にも珍《めずら》しい完璧《かんぺき》に幸《しあわ》せな家族《かぞく》なんでしょうか。

実《じつ》は、小《ちい》さい頃大《ころおお》きな病気《びょうき》をしたせいで、ミレイちゃんは、ちょっとだけ腕《うで》が不自《ふじ》由《ゆう》です。ペットボトルのふたを開《あ》けることだって、なかなかうまくできません。おとうさんにしても、ずいぶん年寄《としよ》りだし、小説家《しょうせつか》だけれど「売《う》れない」らしいし、おかあさんにも、実《じつ》はとても深《ふか》い悩《なや》みがあるのです。

たくさん悲《かな》しいことがあるのを知《し》っているからこそ、ミレイちゃんのおとうさんやおかあさんは、楽《たの》しいことばをしゃべるようにしているのかもしれません。

わたしは、あなたたちのような子《こ》どもこそ、ほんとうの悲《かな》しさを知《し》っていると思《おも》います。おとなになって、そのことを忘《わす》れてしまうとしても。

そして、悲《かな》しさを知《し》る人間《にんげん》こそ、ほんとうの喜《よろこ》びを知《し》ることができるのです。

楽《たの》しいことばは、この世界《せかい》を照《て》らす明《あ》かりみたいなものです。わたしは、そう信《しん》じています。だから、みなさん、どうか、みなさんもできるだけ楽《たの》しいことばを使《つか》うようにしてください。お願《ねが》いします！

7　お話《はなし》がなかなか進《すす》まないのは

ところで。わたしだって、どんどんお話《はなし》を進《すす》めたい。そう思《おも》っています。ほんとうですとも！

ミレイちゃんがいつも見《み》る夢《ゆめ》に出《で》てくる、「真《ま》っ赤《か》な花《はな》が咲《さ》いている樹《き》にもたれている人《ひと》」はいったいだれなんだろうか。何年《なんねん》も止《と》まっていた、「少《すこ》しだけ曲《ま》がっている振《ふ》り子時計《こどけい》」は、どうして動《うご》き出《だ》したんだろうか。それから、ミレイちゃんが会《あ》った、「小《こ》わきに風呂敷包《ふろしきづつ》みを抱《かか》えた、大《おお》きな笑《わら》い声《ごえ》のおじさん」って、なぜもう会《あ》えないのか。「二階堂《にかいどう》の家《いえ》」で、またみんなの話《はなし》を聞《き》くことはできないのだろうか。なにより、おかあさんの話《はなし》に出《で》てくる「さるすべりの館《やかた》」って、いったいどこにあるんだろうか。

いったいなんのことだかわかりませんよね。だから、わたしは、みなさんに、それらのことを、いますぐ話《はな》したくて、教《おし》えてあげたくて、うずうずしているぐらいなんです。

けれども、一つ、わたしには心配《しんぱい》なことがあって、だから、お話《はなし》がなかなか進《すす》まないのです。そのことをお話《はな》ししましょう。

わたしの大好《だいす》きな、ある人《ひと》は、こんなことを書《か》いています。

「しかたがないので、ある作家《さっか》から贈《おく》られた子《こ》どもむけの本《ほん》を読《よ》みはじめた。けれど、すぐに放《ほう》りだしてしまった。腹《はら》がたったからだ。なぜかと言《い》うと、この人《ひと》は、この本《ほん》を読《よ》む子《こ》どもたちに、子《こ》どもというものはのべつまくなしに楽《たの》しくて、どうしていいかわからないくらいしあわせなのだと信《しん》じこませようとしていたからだ。このうそつきの作家《さっか》は、子《こ》ども時代《じだい》はとびきり上等《じょうとう》のケーキみたいなものだと言《い》おうとしていたのだ。

どうしておとなは、自分《じぶん》の子《こ》どものころをすっかり忘《わす》れてしまい、子《こ》どもたちにはときには悲《かな》しいことやみじめなことだってあるということを、ある日《ひ》とつぜん、まったく理解《りかい》できなくなってしまうのだろう。（この際《さい》、みんなに心《こころ》からお願《ねが》いする。どうか、子《こ》どものころのことを、けっして忘《わす》れないでほしい。約束《やくそく》してくれる？　ほんとうに？）」

そして、この文章《ぶんしょう》を書《か》いた後《あと》、この人《ひと》は、とても美《うつく》しいお話《はなし》を書《か》いたのでした。この人《ひと》は、ただお話《はなし》を書《か》きたかったのではなく、あなたたち子《こ》どものことを考《かんが》えながら書《か》きたかった、いや話《はな》しかけたかったのだと思《おも》います。ほんとうは、遠《とお》くではなく、すぐ近《ちか》くで、あなたたちの目《め》がきらきら輝《かがや》くのを見《み》ながら、あなたたちがどう感《かん》じてくれるのかを確《たし》かめながら、話《はな》したかったのだと思《おも》います。子《こ》どもの頃《ころ》のことを死《し》ぬまで忘《わす》れなかったこの人《ひと》は、あなたたちがなにを感《かん》じているのか知《し》りながら、書《か》きたかったのでした。

わたしにそんなことができるでしょうか。でも、やってみるつもりです。さあ、始《はじ》めましょう。それは、実《じつ》に気持《きも》ちのいい、夏休《なつやす》みの最初《さいしょ》の日《ひ》の朝《あさ》のことでした……。

『飛ぶ教室』（エーリヒ・ケストナー著、池田香代子訳、岩波少年文庫）から

8　大《おお》きな、赤《あか》い花《はな》が咲《さ》く樹《き》の下《した》で

ミレイちゃんは、夢《ゆめ》を見《み》ていました。そして、夢《ゆめ》の途中《とちゅう》から、それが夢《ゆめ》だとわかっていました。

みなさんも、そんなことはありませんか？　あっ。これは夢《ゆめ》だ。絶対《ぜったい》に。そう思《おも》って、周《まわ》りを見《み》る。この樹《き》も、この花《はな》も、この土地《とち》も、この建物《たてもの》も、空《そら》に浮《う》かんでいるあの雲《くも》も、みんな夢《ゆめ》の中《なか》のものなんだ。なんだか、不思議《ふしぎ》。そして、自分《じぶん》のからだを触《さわ》ってみて、こう思《おも》うのです。

「このからだも、夢《ゆめ》が作《つく》ったものなんだ！」

そんな夢《ゆめ》を見《み》るのは、目《め》が覚《さ》める少《すこ》し前《まえ》だといわれています。確《たし》かに。ミレイちゃんは、ついさっきまで、暖《あたた》かいベッドの中《なか》にいたような気《き》がしていました。でも、その前《まえ》には、どこまでも深《ふか》い緑《みどり》が続《つづ》く森《もり》の中《なか》を歩《ある》いていたみたい

でした。そして、そのほんの少《すこ》し前《まえ》には、また、ベッドの中《なか》にいたような気《き》もしたのです。

夢《ゆめ》とベッドの間《あいだ》を何度《なんど》も往復《おうふく》しながら、薄暗《うすぐら》く深《ふか》いねむりの底《そこ》から、ミレイちゃんは、ゆっくりと浮《う》かびあがろうとしていました。

森《もり》から抜《ぬ》けたようです。青《あお》い空《そら》が広《ひろ》がっています。太陽《たいよう》がまぶしい。ものすごく。夏《なつ》のいちばん暑《あつ》いときだって、こんなに太陽《たいよう》は光《ひか》りかがやいたりはしません。目《め》の前《まえ》に大《おお》きな樹《き》がありました。何本《なんぼん》も、何本《なんぼん》も。ミレイちゃんが歩《ある》いている、乾《かわ》ききった土色《つちいろ》の道《みち》の両側《りょうがわ》に、ずっと、はるか遠《とお》くまで並《なら》んで。どの樹《き》にも、それはそれは真《ま》っ赤《か》な花《はな》がみごとに咲《さ》いています。

「なんてきれいなんだろう」

ミレイちゃんは、両手《りょうて》で抱《かか》えていたビーちゃんに、そっといいます。

「ほんとうに、そうですねえ」

「ねえ、ビーちゃん、ここ、なんだか日本《にほん》じゃないみたい」

「いや、ミレイちゃん。そもそも、これ、夢《ゆめ》なんじゃないですか?」

そのときでした。ミレイちゃんは見《み》たのです。その、ほんとうにみごとに赤《あか》い花《はな》におおわれた樹《き》の中《なか》の、その一本《ぽん》に、だれかがもたれているのを。

ミレイちゃんは、なぜだかドキドキしました。そのだれかが、ミレイちゃんを待《ま》っているような気《き》がしたのです。

「ビーちゃん」

「なんですか?」

「あれ……だれなんだろう」

「うーん……わかりません、ぼくには」

ほかには、だれもいません。樹《き》の下《した》にいるだれかを除《のぞ》いては。こういうとき、みなさんは、どうしますか? 知《し》らない人《ひと》には近《ちか》づかない? 知《し》らないもの、知《し》らない人《ひと》がいると、ミレイちゃんは、そうじゃありませんでした。知らないもの、知らない人がいると、近《ちか》づきたくなるのです。

ミレイちゃんは、ゆっくりと、「樹《き》の下《した》のだれか」に向《む》かって近《ちか》づいていきました……。

9　もうちょっと

気《き》がつくと、ミレイちゃんは、ベッドの中《なか》で、やわらかなタオルケット（ミレイちゃんがアレルギー体質《たいしつ》なので、特別《とくべつ》に作《つく》ってもらったものでした）にくるまっていました。

暖《あたた》かい空気《くうき》と、自分《じぶん》とタオルケットの匂《にお》いにくるまって、ミレイちゃんは、うとうとしています。

ミレイちゃんは、まだまぶたを閉《と》じたままです。まぶたを開《あ》けると、夢《ゆめ》から完全《かんぜん》に覚《さ》めてしまう。そのことを、ミレイちゃんは、ぼんやり知《し》っていたからです。

でも、それは、この世《よ》の中《なか》でいちばん楽《たの》しい時間《じかん》なのかもしれません。暖《あたた》かくてやさしくてやわらかいなにかに包《つつ》まれて、いつまでもぼんやりしているのは。

夏《なつ》の朝《あさ》の匂《にお》いがします。

草《くさ》の匂《にお》いと土《つち》の匂《にお》いと露《つゆ》の匂《にお》いと、それから、もっと複雑《ふくざつ》ななにかの匂《にお》いが混《ま》じった、甘《あま》いような、香《こう》ばしいような、懐《なつ》かしいような、そんな匂《にお》いが。

きっと、おかあさんが、ミレイちゃんが目《め》を覚《さ》ます少《すこ》し前《まえ》に、子《こ》ども部屋《べや》の窓《まど》を開《あ》けてくれたのでしょう。雨《あめ》の日《ひ》でなければ、いつも、おかあさんは、そうしてくれます。ミレイちゃんが、外《そと》の世界《せかい》の音《おと》や匂《にお》いを感《かん》じることができるように。

おとうさんが、おかあさんと結婚《けっこん》して、いちばんびっくりしたのは、おかあさんが寝《ね》るとき、窓《まど》を開《あ》けることだったそうです。

「危《あぶ》ないよ！　っていうか、雨《あめ》が入《はい》りこんでくるんだけど！」

おとうさんがそういうと、おかあさんは、こういったのでした。

「だって、窓《まど》を閉《し》めたら、雨《あめ》の匂《にお》いも風《かぜ》の匂《にお》いもぜんぜんしないじゃないの！」

みなさん、風《かぜ》にも匂《にお》いがあるのを知《し》っていますか？　いや、もちろん、風《かぜ》に匂《にお》いがあるわけじゃありません。風《かぜ》が、どこからか匂《にお》いを運《はこ》んでくるだけです。

ミレイちゃんは、くるまっていたタオルケットから、少《すこ》しだけ顔《かお》を出《だ》しました。くんくん。この匂《にお》いは、きっと、あの、ほの暗《ぐら》い森《もり》の匂《にお》いです。

東京《とうきょう》の真《ま》ん中《なか》に、どうして、あんなに大《おお》きな森《もり》があるのでしょう。ミレイちゃんは、おとうさんとその森《もり》の周《まわ》りを散歩《さんぽ》しながら、いつも不思議《ふしぎ》に思《おも》うのでした。

「おはよう」。ミレイちゃんがいいました。

「おはよう」。ビーちゃんが答《こた》えます。

「さあ、起《お》きるわよ」

「さあ、起《お》きましょう」

「……ねえ」

「なんですか？」

「今日《きょう》から、夏休《なつやす》みよね」

「そうですね」

「だったら、そんなに早《はや》く起《お》きなくてもいいんじゃないかなあ」

「そうですねえ」

「じゃあ、もうちょっと」

「では、もうちょっと！」

10 毎日《まいにち》が夏休《なつやす》み（だったらいいのに）

さて、ミレイちゃんはベッドの中《なか》に戻《もど》ってしまいました（まあ、ベッドから出《で》てこなかった、というのが正解《せいかい》ですが）。でも、もうちょっとだけだから、いいよね。そんなふうに自分《じぶん》に言《い》い訳《わけ》をして。ところが。またしても、まぶたが重《おも》くなってきたのです！

「ビーちゃん……」

「なんですか？」

「わたし……またねむたくなってきちゃった……まぶたがくっついちゃうよ……」

「あのお……すいません……ぼくもです」

「……ビーちゃ……ん……」

「……ミレイちゃん……」

「ビ……」

「……ミレイ……ちゃん……」

そして、子《こ》ども部屋《べや》は静《しず》かになりました。

これがふつうの日《ひ》なら、わたしとしても、「ミレイちゃん！　いつまで寝《ね》てるの、早《はや》く起《お》きて！」と声《こえ》をかけたいところです。でも、今日《きょう》はやめておくことにしましょう。

みなさんは、日曜日《にちようび》が大好《だいす》きでしょう？　そんな日曜日《にちようび》がずっと続《つづ》く夏休《なつやす》みの、今日《きょう》は最初《さいしょ》の日《ひ》なんですから。

子《こ》ども部屋《べや》のドアの前《まえ》で、そっと中《なか》の様子《ようす》をうかがっていたおかあさんには、みんなわかっていました。ミレイちゃんが目覚《めざ》めて、でも、またねむってしまったこと。ビーちゃんまで、一緒《いっしょ》に！

もう7時半《じはん》。いつもなら、ミレイちゃんは7時《じ》には起《お》きています。15分《ふん》も寝坊《ねぼう》したら、おかあさんは、ミレイちゃんの耳《みみ》もとで、こういうはずです。

「ミレイちゃん！　起《お》きなさい！　もう朝《あさ》よ。さあ、戦闘準備《せんとうじゅんび》！」って。

けれども、おかあさんはなにもいいませんでした。夏休《なつやす》みの最初《さいしょ》の日《ひ》が、どんなに素晴《すば》らしいか、おかあさんも知《し》っていたのです。

学校《がっこう》が嫌《きら》いなわけじゃありません。でも、学校《がっこう》の外《そと》には、もっと楽《たの》しいことがたくさんある。そうでしょう、みなさん?

おかあさんは、子《こ》どもの頃《ころ》のことを思《おも》い出《だ》していました。そして、もう何年《なんねん》も戻《もど》っていない、自分《じぶん》が生《う》まれた鎌倉《かまくら》の家《いえ》、「さるすべりの館《やかた》」のことを。

まだちっちゃかった頃《ころ》、森《もり》の中《なか》に建《た》てられた「さるすべりの館《やかた》」の、二階《かい》の奥《おく》の子《こ》ども部屋《べや》のベッドの中《なか》で、窓《まど》から入《はい》ってくる、みずみずしい夏《なつ》の薫《かお》りを感《かん》じながら、こう思《おも》っていたのです。

「今日《きょう》はなんにも予定《よてい》がないわ。最高《さいこう》!」

そうです。なにも決《き》まっていない日《ひ》。まっさらな白紙《はくし》の日《ひ》。自分《じぶん》で、そこに好《す》きなことを書《か》きこんでいい日《ひ》。子《こ》どもが子《こ》どもでいられる日《ひ》。それがずっと続《つづ》くのが夏休《なつやす》みであり、その最初《さいしょ》の日《ひ》こそ、今日《きょう》なのでした。

だれもが、いつか子《こ》どもではなくなります。長《なが》い夏休《なつやす》みだって、いつか終《お》わるのです。だとするなら、その貴重《きちょう》な時間《じかん》を大切《たいせつ》にしなきゃなりません。おかあさんは、そっと子《こ》ども部屋《べや》のドアの前《まえ》を離《はな》れました。あとでね、ミレイちゃん。

11
おはよう、おはよう！

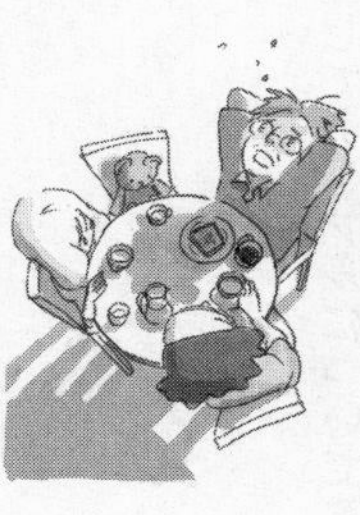

でも、ミレイちゃんだって、いつかは起《お》きなきゃなりません。わかっています。それには少々《しょうしょう》、わけがあるのです。

昔々《むかしむかし》、おとうさんとおかあさんが一緒《いっしょ》になった頃《ころ》、ふたりは、
「朝《あさ》ごはんは（できるだけ）一緒《いっしょ》に食《た》べる」
という決《き》まりを作《つく》りました。なぜなら、「家族《かぞく》というものは、永遠《えいえん》に続《つづ》くものではないのだから、家族《かぞく》でいる間《あいだ》は同《おな》じ時間《じかん》を過《す》ごすべきだ」と思《おも》ったからでした。

それって、ちょっとたいへんです。

たとえば、ミレイちゃんは貧血気味《ひんけつぎみ》で朝《あさ》は苦手《にがて》だし、それはおかあさんも同《おな》じ。でも、もっとたいへんなのは、おとうさんです。

おとうさんは、貧血《ひんけつ》でも低血圧《ていけつあつ》でもありません。でも、小説《しょうせつ》が書《か》けなくて、よく徹《てつ》

くのです。

夜《や》をしたりします。年寄《としよ》りなのに。そして、半分《はんぶん》ねむったまま、朝食《ちょうしょく》のテーブルにつくのです。

おとうさんときたら、髪《かみ》はぼさぼさで、まぶたを持《も》ち上《あ》げることさえできません。まちがえて、食《しょく》パンを、耳《みみ》で食《た》べようとしたことだってあるんです（ほんとうですよ！）。そんなにねむいのだったら、寝《ね》ていればいいのに。ミレイちゃんは、ほんとうにそう思《おも》うのです。

でも、おかあさんは、お皿《さら》にバターを塗《ぬ》ろうとしているおとうさんを、澄《す》ました顔《かお》で、眺《なが》めているだけ。黙《だま》って、温《あたた》かいハーブティーを飲《の》んでいます。

「ねえ、おとうさん」

「……なに……」

「おとうさん、ものすごくねむそうで、おまけに、ちょっと具合《ぐあい》も悪《わる》そうだから、もう少《すこ》し寝《ね》ていた方《ほう》がいいと思《おも》うんだけど」

「……ダメだよ。家族《かぞく》は、一緒《いっしょ》に朝《あさ》ごはんを食《た》べなきゃ」

「でも、なんだか、おとうさんが気《き》の毒《どく》」

すると、おかあさんは、こういうのです。

「ミレイちゃん。おとうさんはね、『決《き》まり』だから、無理《むり》してテーブルについてるんじゃないの。ここでこうやって、みんなの顔《かお》を見《み》ながら……見《み》てないみたいだけど……一緒《いっしょ》にいるのが、大好《だいす》きなの。それがほんとうの理由《りゆう》」

さあ、起《お》きましょう。起《お》きて、おとうさんとおかあさんが待《ま》っているリビングの食卓《しょくたく》まで行《い》くことにしましょう。

ミレイちゃんは、おかあさんのお下《さ》がりの大《おお》きなT《ティー》シャツにレギンスを合《あ》わせました。楽《らく》だし、そのまま外《そと》にも出《で》られるし。

「どう、ビーちゃん？」

「うーん、可愛《かわい》すぎます！　まったく！」

「ビーちゃん、最近《さいきん》お世辞《せじ》ばっかり」

着替《きが》えたミレイちゃんは、ビーちゃんを連《つ》れてリビングに向《む》かいます。

「おはよう！」。おとうさんがいいます。

「おはよう！」。おかあさんもいいます。

もちろん、ミレイちゃんもいうのでした。

「おはよう、おはよう！」

12 リンゴさん、サンキュー

ミレイちゃんは、いつものように、自分《じぶん》でリンゴを切《き》って、お皿《さら》に入《い》れ、ヨーグルトをかけてさらにその上《うえ》にはちみつをかけました。それから、おかあさんがまとめて作《つく》って冷凍《れいとう》していた野菜《やさい》ジュースを解凍《かいとう》してコップに入《い》れます。ほんとうは、それでもうおなかがいっぱいだけれども、おとうさんが悲《かな》しそうな顔《かお》をするので、食《しょく》パンの上《うえ》にハムをのせ、その上《うえ》に「とろけるチーズ」ものせてオーブントースターで焼《や》きました。とりあえず一枚《まい》。頑張《がんば》って食《た》べてみるつもりです。

ミレイちゃんは、準備《じゅんび》した食《た》べものたちを食卓《しょくたく》に並《なら》べると、席《せき》につきました。

「いただきます」

もう食事《しょくじ》をすませたおとうさんはコーヒーを、おかあさんはハーブティーを飲《の》んでいます。というか、ミレイちゃんが食卓《しょくたく》に来《く》るのを待《ま》っていたのです。

「あのお」ミレイちゃんはいいました。

「なに？」おとうさんがいいました。

「食《た》べるところをジロジロ見《み》られるの、なんだか恥《は》ずかしい」

「だって、ミレイちゃんが食《た》べるところを見《み》るのが好《す》きなんだから」

「まあ、わたしもよ！」

「ぼくたちは気《き》が合《あ》うなあ」

おとうさんとおかあさんには、なにをいっても無駄《むだ》みたいです。あきらめて、ミレイちゃんは、ゆっくり食《た》べはじめました。

食《た》べたものが胃《い》に落《お》ちてゆきます。それから、少《すこ》しずつ消化《しょうか》されて、からだの中《なか》をめぐりはじめる。ミレイちゃんは、そんな気《き》がします。だから、食《た》べると、少《すこ》しずつ元気《げんき》になってゆく。

リンゴさん、ヨーグルトさん、はちみつさん、サンキュー。野菜《やさい》ジュースさんも。えっと、トーストさん……ちょっと全部《ぜんぶ》は無理《むり》みたい……ごめんなさい。

ミレイちゃんが、いろいろなことをゆっくりとしかできないことは知《し》っていますね。特《とく》に、食《た》べることがとてもゆっくり。なので、給食《きゅうしょく》のときなんか、ミレイちゃんは困《こま》ってしまうんです。みんなが食《た》べ終《お》わって、校庭《こうてい》に遊《あそ》びにいっても、まだ三分《ぶん》の二は残《のこ》っています。だから、泣《な》きたくなったりします。

でも、ゆっくり食《た》べた方《ほう》がからだにはいいんです。それに、味《あじ》もよくわかるし。

早《はや》く食《た》べて遊《あそ》びたい子《こ》どもは、そうしましょう。でも、ゆっくりしか食《た》べられない子《こ》どもは、それでいいんじゃないでしょうか。

気《き》がつくと、ミレイちゃんは食《た》べ終《お》わっていました。しかも、用意《ようい》したものすべてを。すごい！

そのときでした。食《た》べ終《お》わるのを待《ま》っていたおかあさんがこういったのです。

「ミレイちゃん」

「おかあさん、なに？」

「今日《きょう》がなんの日《ひ》か、わかりますか？」

「夏休《なつやす》みの最初《さいしょ》の日《ひ》……あっ！　もしかして、『大切《たいせつ》なことをいう日《ひ》』？」

13　大切《たいせつ》なことをいう日《ひ》

ミレイちゃんの家《いえ》には「決《き》まり」があることを知《し》っていますね。「大切《たいせつ》なことをいう日《ひ》」も、そんな「決《き》まり」の一つです。

その日《ひ》には、みんな（三人《にん》とぬいぐるみ一匹《ぴき》）が集《あつ》まり、その中《なか》のだれかが「大切《たいせつ》なこと」をいいます（もちろん、ビーちゃんは黙《だま》っています。ミレイちゃん以外《いがい》の人《ひと》の前《まえ》ですからね！）。それは、おとうさんとおかあさんがこの家《いえ》を作《つく》ったとき決《き》めたのです。

もちろん、おとうさんもおかあさんも、いつだって思《おも》ったことを相手《あいて》にしゃべることができる人《ひと》たちです。そんなおとうさんやおかあさんだって、なかなかいいだしにくいこともありますよね。だから、どうしても話《はな》したいことができたときには、「大《たい》切《せつ》なことをいう日《ひ》」を宣言《せんげん》して、全員《ぜんいん》の前《まえ》でしゃべるのです。

小《ちい》さかった頃《ころ》、ミレイちゃんには、ふたりが話《はな》していることが、よくわかりませんでした。子《こ》どもには難《むずか》しいこともありました。けれども、おとうさんもおかあさんも、そういうとき「手《て》かげん」はしません。ミレイちゃんをおとなのように扱《あつか》うのです。

「今日《きょう》は、わたしの『大切《たいせつ》なことをいう日《ひ》』です。みなさん、よろしいですか？」

おかあさんがそういうと、おとうさんがうなずきました。ミレイちゃんも、もちろん、ビーちゃんも。夏休《なつやす》みの最初《さいしょ》の日《ひ》の朝《あさ》、ミレイちゃんの家《いえ》の食卓《しょくたく》に、緊張《きんちょう》が走《はし》ります。

「ミレイちゃん」

「はっ、はい！」

ミレイちゃんは、びっくりしたようにいいました。まさか、名指《なざ》しをされるとは思《おも》っていなかったのです。わたし、なにか怒《おこ》られるようなこと、しちゃったのかな？

「おとうさんやおかあさんがどんなふうに結婚《けっこん》したか、少《すこ》しは聞《き》いたことがありますね？」

「はい」

「おとうさんとの結婚《けっこん》をおかあさんの両親《りょうしん》は許《ゆる》してくれませんでした。特《とく》に、わたしのパパが絶対《ぜったい》に反対《はんたい》だったのです。でも、無理《むり》はなかったの。だって、あなたのおとうさん、わたしが好《す》きになった人《ひと》は、ぜんぜん若《わか》くなかったし、よくわからない小説《しょうせつ》を書《か》く人《ひと》だったし、おまけに、何回《なんかい》も結婚《けっこん》したことがある人《ひと》だったからです」

「えええええっ!! そっ、そうなのお?」

見《み》ると、おとうさんはちょっと恥《は》ずかしそうに頭《あたま》をかいています。

「わたしのパパとあなたのおとうさんは同《おな》い年《どし》よ。それでは反対《はんたい》したくもなるわよね。でも、ほんとうの理由《りゆう》は、それだけじゃなかった。そこには、もっと複雑《ふくざつ》で、大《おお》きな理由《りゆう》があったの。わたしのパパ、ミレイちゃんにとってのおじいさんは、『そいつと結婚《けっこん》するなら、二度《にど》と家《いえ》に戻《もど》って来《き》てはならん』とわたしにいった。だから、わたしは家《いえ》を出《で》ることにしたの。リュック一つに荷物《にもつ》をつめて。わたしのママは、心《こころ》の底《そこ》ではわたしのことを許《ゆる》してくれていた。でも、パパの怒《いか》りがあまりに大《おお》きかったので、口《くち》には出《だ》せなかった。家《いえ》を出《で》てから、わたしは一度《いちど》も帰《かえ》ってないの」

14　いざ、鎌倉《かまくら》！

ミレイちゃんは黙《だま》って、おかあさんの話《はなし》に耳《みみ》をかたむけていました。

「生《う》まれて育《そだ》った、鎌倉《かまくら》の『さるすべりの館《やかた》』を、わたしはひとりで出《で》てきました。パパにはなにもいわずに。ママにだけは挨拶《あいさつ》をして。ママはわたしにこういったの。『子《こ》どもはいつか、家《いえ》を出《で》てゆくものだから、あたしは悲《かな》しんでいないよ。パパが反《はん》対《たい》するのは仕方《しかた》ない。反対《はんたい》するのには理由《りゆう》があるんだ。でも、あんたは、あんたの信《しん》じた道《みち》を行《い》くがいい』って。だから、わたしは、『ママ、さようなら』っていって、家《いえ》を出《で》てきた。それから一度《いちど》も帰《かえ》っていないわ。わたしが家《いえ》を出《で》て、しばらくして、パパはガンになった。わたしはパパのことが大好《だいす》きだったから、お見舞《みま》いにも行《い》きたかったし、看病《かんびょう》もしてあげたかった。けれども、パパから『会《あ》いに来《き》てはならない。死《し》んでからも葬式《そうしき》に来《き》てはいけない』って手紙《てがみ》が来《き》たの。だから、パパが亡《な》くなったときにもお葬式《そうしき》には出《で》られなかった。パパはほんとうに怒《おこ》っていたのかな。そう思《おも》って、わたしは悲《かな》しかった。家《いえ》を出《で》たこと、おとうさんと結婚《けっこん》したこと、どちらも後悔《こうかい》したことはなかったけれどね。

ミレイちゃんが生《う》まれたのは、パパが手術《しゅじゅつ》のために入院《にゅういん》しているときだった。パパにあなたの写真《しゃしん》を送《おく》ったけれど、返事《へんじ》はなかった。それから、何年《なんねん》も闘病生活《とうびょうせいかつ》を送《おく》ってからパパは亡《な》くなったの。しばらくして、ママから手紙《てがみ》が来《き》た。手紙《てがみ》には、こんなことが書《か》いてあった。

『パパは、ミレイちゃんの写真《しゃしん》を見《み》て、とても喜《よろこ》んでいたわよ。会《あ》いたがってもいた。でも、パパは、あんたを許《ゆる》さないことに決《き》めていたから、なにも返事《へんじ》をしなかった。ほんとうは、病気《びょうき》でやせこけて、すっかり変《か》わってしまった自分《じぶん》を、あんたに見《み》せたくなかったんだと思《おも》うよ。あたしも、あんたやミレイちゃんに会《あ》いたいけれど、しばらくは、パパの〝喪《も》〟に服《ふく》さなきゃならない。パパが許《ゆる》していないあんたたちを、家《いえ》に入《い》れるわけにはいかない。それが、妻《つま》としての〝道《みち》〟ってやつさ。そこのところはわかっておくれ』って」

その話《はなし》の中《なか》には、ミレイちゃんの知《し》らないおかあさんがいました。そして、もっとほかにも、たくさんの、ミレイちゃんが知《し》らないおとうさんやおかあさんがいるのでしょう。

「先週《せんしゅう》」とおかあさんがいいました。

「ママから、久《ひさ》しぶりに手紙《てがみ》が来《き》たの。手紙《てがみ》にはこう書《か》いてあったわ。『パパの七回忌《かいき》が終《お》わって、一段落《いちだんらく》つきました。どうだい、夏休《なつやす》み中《ちゅう》、ミレイちゃんをあたしのところに預《あず》けないかい？　そろそろ、その子《こ》にも〝さるすべりの館《やかた》〟のことを知《し》ってほしいからね』って。わたしもそう思《おも》うの。あなたに『さるすべりの館《やかた》』のことを知《し》ってほしいって」

「どうして？」ミレイちゃんはいいました。

するど、おかあさんはこう答《こた》えたのです。

「あそこには、わたしたちの秘密《ひみつ》がすべて隠《かく》れているからよ」

15　ほんとうの夏休《なつやす》み

その夜《よる》、ミレイちゃんは、なかなか寝《ね》つくことができませんでした。そりゃあ、そうです。びっくりするようなことばかり知《し》らされたんですから。おまけに、あしたから、おかあさんのおかあさんのところに行《い》って、どうやら夏休《なつやす》みを一緒《いっしょ》に過《す》ごすことになるみたいです。会《あ》ったこともないのに！

「聞《き》いた、ビーちゃん？」

ミレイちゃんは、胸《むね》の中《なか》に抱《だ》きしめたビーちゃんにいいました。

「おとうさんは、おかあさんと結婚《けっこん》する前《まえ》に、何回《なんかい》も結婚《けっこん》したことがあるんですって！　おかあさんたら、おとうさんと一緒《いっしょ》になるために家《いえ》を出《で》たんですって！　そういうのって、確《たし》か『カケオチ』っていうんじゃないの！　ワオッ！　あのふたり、『ただ者《もの》』じゃないとは思《おも》ってたけど。やるわよね」

「いやあ、びっくりしますねえ！」

「『焼《や》けこげるような激《はげ》しい愛《あい》』って、お話《はなし》や映画《えいが》の中《なか》だけじゃなかったんだ。すごいわよね。しかも、あのおとうさんとおかあさんが！　仲《なか》がいいとは思《おも》ってたけど、ああっ、信《しん》じられない！」

「まあ、人《ひと》は見《み》かけによらない、っていいますから」

子《こ》どもにとって親《おや》というものは、生《う》まれたときから、親《おや》であるわけです。というか、おとなであるわけです。親《おや》にも子《こ》どもの時代《じだい》があったり、若《わか》い頃《ころ》があったりするなんて、想像《そうぞう》できません。でも、それは、親《おや》も同《おな》じですよね。親《おや》にとって子《こ》どもは、いつまでも赤《あか》ちゃんの頃《ころ》とほとんど変《か》わらない。大《おお》きくなって、おとなになり、恋愛《れんあい》したりするようになると、心《こころ》の底《そこ》から驚《おどろ》いて、こんな具合《ぐあい》にうめいたりするのです。

「あの、よちよち歩《ある》いていた○○ちゃんが、デートするなんて！　なんてこった！」

ミレイちゃんは、びっくりしただけではありませんでした。実《じつ》は、ものすごく嬉《うれ》しくもあったのです。

「ねえ、ビーちゃん」

「なんですか、ミレイちゃん」

「わたし、ずっと『イナカ』とか『おばあちゃん』が欲《ほ》しかったんだよね」

おとうさんの両親《りょうしん》は、ミレイちゃんが生《う》まれたときにはとっくに亡《な》くなっていましたし、実家《じっか》も取《と》り壊《こわ》してしまったそうです。だから、「おとうさんのイナカ」はありません。おかあさんの「イナカ」が鎌倉《かまくら》にあることは聞《き》いていました。でも、どうやら、そのことは触《ふ》れてはいけない話題《わだい》のようでした。

ミレイちゃんは、友《とも》だちがよく話《はな》している「優《やさ》しいおじいちゃん」や「イナカのおばあちゃん」というものに憧《あこが》れていたのです。

「夏休《なつやす》みには、『イナカ』が必要《ひつよう》だよね。ああ、良《よ》かった、おばあちゃんがいて！」

ミレイちゃんのまぶたが重《おも》たくなってきました。確《たし》かに、夏休《なつやす》みはもう始《はじ》まっています。でも、ミレイちゃんにとっての「生《う》まれて初《はじ》めてのほんとうの夏休《なつやす》み」はあしたから始《はじ》まるのです。あしたからね……あした……から。

16 大《おお》きなエプロンの人《ひと》

空気《くうき》が急《きゅう》に変《か》わったような気《き》がしました。確《たし》かに、鎌倉駅《かまくらえき》に降《お》り立《た》ったときから、樹《き》や葉《は》っぱの匂《にお》いがしていました。でも、その匂《にお》いも観光客《かんこうきゃく》の騒《さわ》がしい声《こえ》にまぎれて、あまり感《かん》じられませんでした。けれども、おかあさんのあとから改札口《かいさつぐち》を出《で》て、静《しず》かな通《とお》りを抜《ぬ》けてゆくと、その匂《にお》いがどんどん濃《こ》くなってゆくような気《き》がしたのです。

リュックを背負《せお》ったミレイちゃんは、おかあさんのあとをついてゆきます。なんだか、おかあさんは早足《はやあし》になっています。

「ミレイちゃん、ゴメン。もう少《すこ》しゆっくり歩《ある》くからね。なんか嬉《うれ》しくなっちゃって。ああ、ちっとも変《か》わってないなあ、この辺《へん》」

そういいながら、おかあさんはまた早足《はやあし》になってどんどん離《はな》れてしまいます。ミレイちゃんは置《お》いていかれないように、ほとんど小走《こばし》りになって追《お》いかけました。

リュックから首《くび》だけ出したビーちゃんが目《め》を回《まわ》しています。

「ミ……ミ……ミレイちゃん……リュックの中《なか》にいるぼくの身《み》……にもなってください……こんなに上下《じょうげ》に……揺《ゆ》すられたら」

「わたし、おかあさんについていくので精一杯《せいいっぱい》なの……。お願《ねが》い……がまんして」

「す……すいません。そうですよね……」

気《き》がつくと、おかあさんとミレイちゃんは、生《お》い茂《しげ》る樹《き》の下《した》を歩《ある》いていました。人影《ひとかげ》はどこにもありません。あんなにたくさんいた観光客《かんこうきゃく》はどこにいってしまったのでしょう。

いつの間《ま》にか、ふたりは、細《ほそ》いまっすぐな道《みち》を歩《ある》いていました。ゆるやかな坂道《さかみち》です。もしかしたら、山《やま》の中《なか》に入《はい》っていこうとしているのかもしれません。夏《なつ》の晴《は》れた日《ひ》なのに、ひんやりした風《かぜ》が吹《ふ》いていました。

そのときでした。おかあさんが突然《とつぜん》、立《た》ち止《ど》まったのです。急《きゅう》ブレーキをかけられて、ミレイちゃんは、危《あや》うくおかあさんの背中《せなか》にぶつかりそうになりました。

「もう、おかあさん……止《と》まるなら、そういって……」

ミレイちゃんは、おかあさんを見上《みあ》げながら、そういいました。おかあさんは前《まえ》の方《ほう》をじっと見《み》ながら、動《うご》こうとしません。ミレイちゃんは、おかあさんが見《み》ている方《ほう》向《こう》を見《み》てみました。

だれかが立《た》っていました。両足《りょうあし》を少《すこ》し開《ひら》き、こっちを向《む》いて。まるで道《みち》をふさぐように、その真《ま》ん中《なか》に！　そういうのを「仁王立《におうだ》ち」っていうんじゃなかったっけ。大《おお》きなエプロンだなあ。ミレイちゃんは、最初《さいしょ》にそう思《おも》いました。それは、胸《むね》のあたりからひざのずっと下《した》まで、からだの前面《ぜんめん》をほとんどおおいつくすような大《おお》きな、生成《きな》りのエプロンをした、女《おんな》の人《ひと》でした。そのエプロンの人《ひと》の手《て》からはひもがのびて、その先《さき》に、一匹《いっぴき》の犬《いぬ》がうずくまっています。おかあさんの知《し》っている人《ひと》？　ミレイちゃんが、そうたずねようとしたときでした。おかあさんが叫《さけ》んだのです。こんなふうに。

「ママ！」

17 わたしの「バーバ」

おかあさんは、その、道《みち》の真《ま》ん中《なか》で立《た》っている女《おんな》の人《ひと》のところまで駆《か》け寄《よ》ると、小《ちい》さい声《こえ》でこういいました。

「ママ……ごめんなさい」

すると、その女《おんな》の人《ひと》は、おかあさんの肩《かた》にそっと手《て》を置《お》きました。

「なにも謝《あやま》ることはないよ。お帰《かえ》り、ヤヤ」

ミレイちゃんは不思議《ふしぎ》な気《き》がしました。

「ヤヤ」はおかあさんの名前《なまえ》です。でも、ふだんは、だれも「ヤヤ」とは呼《よ》びません。「おかあさん」とか「ミレイちゃんママ」とか。おとうさんだって「きみ」だし。そうか。おかあさんにも、ちゃんと名前《なまえ》があって、それを呼《よ》んでくれる人《ひと》がいるんだ。

「あんた」その人《ひと》はいいました。

「……ちょっとブスになったね。昔《むかし》は、あんなに可愛《かわい》かったのに」

「ママ、ひどい！　わたしだって、年《とし》をとるわよ」

「アッハッハ。あたしみたいな年寄《としよ》りにいわれたくはないよね。ところで」

その人《ひと》は、おかあさんの背中《せなか》のうしろで息《いき》を殺《ころ》しているミレイちゃんを見《み》ながら、いいました。

「そこに隠《かく》れて、もじもじしているのが、あんたの娘《むすめ》、あたしの孫《まご》ってことだね。紹《しょう》介《かい》してくれるかい。いや、自己紹介《じこしょうかい》してもらおうかね」

ミレイちゃんは、おかあさんの手《て》で、その人《ひと》の前《まえ》に引《ひ》っ張《ぱ》り出《だ》されました。ミレイちゃんは、なんだか恥《は》ずかしくてたまりません。ミレイちゃんはもともと内気《うちき》な女《おんな》の子《こ》だし、しかも、初《はじ》めて、自分《じぶん》のおばあさんと対面《たいめん》するわけだから、無理《むり》もありません。

ミレイちゃんは、うつむきながら、ちらりと、その人《ひと》を見《み》ました。髪《かみ》は真《ま》っ白《しろ》、上《じょう》品《ひん》で優《やさ》しそうなおばあさんです。こういうときって、なにをいえばいいのかしら。あ、考《かんが》えておけばよかった！

「……初《はじ》めまして……ミレイ、といいます……あのお……なんて、お呼《よ》びすればいいんでしょうか」

「なんと呼《よ》んでもらってもかまわないよ。おまえのおばあさんだから、おばあさんでも、バーバでも。おまえの好《す》きなように」

じゃあ、バーバだ。ミレイちゃんはすぐにそう思《おも》いました。だって、その人《ひと》は、「バーバ」としかいえないような感《かん》じがしたんですから。

「じゃあ、バーバ……あのお、それ、エプロンですよね」

「ああ、これかい？　さっきまで絵《え》を描《か》いていたからね。作業用《さぎょうよう》さ。おや！」

その人《ひと》は、ミレイちゃんのリュックを見《み》て驚《おどろ》いたようでした。

「なんて懐《なつ》かしいんだ。そこにいるのは、ビーちゃんじゃないか」

「バーバ、ビーちゃんのこと知《し》ってるの？」

「もちろん。あたしが、ヤヤに……いや、おまえのかあさんにプレゼントしたものなんだからね」

18 もうひとりのバーバ

ミレイちゃんは驚《おどろ》きのあまりうわずった声《こえ》になりました。

「ビーちゃんは、バーバがおかあさんにプレゼントしたものなの？」

「そうだよ。それにしても、ヤヤ。あんた、子《こ》どもにぬいぐるみをプレゼントする余《よ》裕《ゆう》もないくらい貧乏《びんぼう》だったとは知《し》らなかったね」

「ちがいます！ ミレイが2歳《さい》になったとき、そろそろ、ぬいぐるみが必要《ひつよう》だと思《おも》って、大《おお》きなお店《みせ》に行《い》ったの。そして、どれがいい？ って聞《き》いたら、この子《こ》、『おかあさんのビーちゃんがほしい』っていったんです」

そうだったかしら。実《じつ》は、ミレイちゃんもよく覚《おぼ》えてはいません。だって、気《き》がついたときにはもう、いつもビーちゃんと一緒《いっしょ》に寝《ね》ていたのですから。ミレイちゃんは、小《ちい》さな声《こえ》で、リュックから顔《かお》だけ出《だ》しているビーちゃんに「ねえ、ビーちゃん。じゃ

あ、あなた、『里帰り《さとがえ》』なの？　そんな話《はなし》、聞《き》いてないんですけど」といいました。

もちろん、ビーちゃんは返事《へんじ》などするわけがありません。ミレイちゃん以外《いがい》の人間《にんげん》がいるときには、素知《そし》らぬ顔《かお》で「ただの人形《にんぎょう》」のふりをしているのです。

「おまえのかあさんは、リュックを担《かつ》いで、家《いえ》を出《で》ていった。そのリュックからはビーちゃんの頭《あたま》がのぞいていたけど、まさか、その娘《むすめ》のリュックに背負《せお》われて戻《もど》ってくるとは思《おも》わなかったね。ところで、顔《かお》をもっとはっきり見《み》せてもらえるかい？」

そういうと、バーバはミレイちゃんのあごに手《て》を当《あ》てて少《すこ》し上《あ》げ、目《め》を細《ほそ》めてその顔《かお》を見《み》つめました。

「ヤヤ、この子《こ》、あたしのかあさん、つまり、あんたのおばあちゃんの子《こ》どもの頃《ころ》にそっくりだ。それにしてもよく似《に》てる」

「そうなの？　わたしが知《し》ってるおばあちゃんは、もう年《とし》をとってたから」

「あたしだって、かあさんの小《ちい》さい頃《ころ》の顔《かお》なんか知《し》ってるわけがない。写真《しゃしん》を見《み》たことがあるだけだ。しかし、うり二つだね、この子《こ》。かあさんが生《い》きてたら、喜《よろこ》んだことだろう」

「……バーバ……」

「なんだね、ミレイちゃん」

「バーバのおかあさん……大《おお》バーバは、もういないの？」

「ああ。おまえのかあさんがここを出《で》てゆく少《すこ》し前《まえ》に亡《な》くなったんだ。あたしのかあさん……大《おお》バーバはね、おまえのかあさんを、そりゃあ可愛《かわい》がっていた。あたしがヤキモチを焼《や》くぐらいにね。ヤヤも大《おお》バーバのことを大好《だいす》きだった。もしかしたら、この家《いえ》を出《で》ていったのも、大《おお》バーバがいなくなって、ここにいる理由《りゆう》がなくなったからかもしれないね」

ミレイちゃんの胸《むね》の中《なか》は、おかあさんに聞《き》きたいことでいっぱいでした。だから、振《ふ》り向《む》いておかあさんにたずねようとしました。すると、おかあさんはひざまずいて、バーバが連《つ》れていた犬《いぬ》を抱《だ》きしめていたのです。

「リング……生《い》きていたんだ……」

19 リング、リング、ベル！

ひざまずいたまま、その犬《いぬ》の首《くび》を思《おも》いきり抱《だ》きしめていたおかあさんが、不意《ふい》に、なにかに気《き》づいたように、バーバの方《ほう》に向《む》き直《なお》りました。

「ママ……リングは、目《め》が見《み》えないの？」

「そうだよ。目《め》がすっかり白《しろ》く濁《にご》ってしまっているだろう。白内障《はくないしょう》で、もう何年《なんねん》も目《め》が見《み》えてないんだ。人間《にんげん》でいうと90歳《さい》とか１００歳《さい》ぐらいの年齢《ねんれい》だから、仕方《しかた》ないさ」

ミレイちゃんは、ゆっくりと犬《いぬ》に近《ちか》づきました。白《しろ》と茶色《ちゃいろ》と黒《くろ》の混《ま》じったやわらかな毛《け》でおおわれた、とても静《しず》かな犬《いぬ》でした。

ミレイちゃんが近《ちか》づくと、リングは少《すこ》し頭《あたま》を上《あ》げ、そばにいる知《し》らないだれかの匂《にお》いをかごうとしました。そして、ミレイちゃんがのばした手《て》の先《さき》をリングは少《すこ》しなめたのです。

「変《か》わった色《いろ》だろう? パピヨンとシェットランド・シープドッグの雑種《ざっしゅ》らしい。どうやら、リングは、おまえを気《き》に入《い》ったようだね」

「ほんとに?」

「ああ、リングはとても勘《かん》が鋭《するど》いんだ。自分《じぶん》の前《まえ》にいるのがいい人間《にんげん》か、悪《わる》い人間《にんげん》か。自分《じぶん》を敵視《てきし》しているのか、大切《たいせつ》にしているのか、一瞬《いっしゅん》でわかるのさ。目《め》が見《み》えなくなる前《まえ》からね。リングは、ヤヤが……おまえのかあさんが拾《ひろ》ってきた犬《いぬ》だ。おまえのかあさんは、小《ちい》さい頃《ころ》から、なんでも拾《ひろ》ってきた。羽《はね》が傷《きず》ついた鳩《はと》、角《つの》が折《お》れたかぶと虫《むし》、巣《す》から落《お》ちたツバメの子《こ》、車《くるま》にぶつかって動《うご》けなくなったリス、なんでもだ。かわいそうな生《い》きものが地面《じめん》に落《お》ちていると、片《かた》っ端《ぱし》から拾《ひろ》って、泣《な》きながら家《いえ》に戻《もど》ってくるんだ。結局《けっきょく》、世話《せわ》をするのは、あたしなんだがね。もしかして、おまえのとうさんも、どこかで拾《ひろ》ってきたのかもしれないよ」

「ママ! なんてことをいうの!」

「ハッハッハ。どうせ拾《ひろ》ったようなものだろう? ちがうのかい? まあいい。このリングもそうだ。生《う》まれてすぐごみ袋《ぶくろ》に入《い》れられて、ごみ捨《す》て場《ば》に置《お》かれていた。それを、おまえのかあさんが見《み》つけたんだよ。三匹《びき》いたが、ほかの二匹《ひき》は助《たす》けられなかった。リングだけが助《たす》かったんだ」

「ひどい……」

「そう、ひどい話《はなし》だね。でも、その子犬《こいぬ》たちの首《くび》には、小《ちい》さな鈴《すず》がつけられてた。その鈴《すず》……ベルが鳴《な》ったから助《たす》かったってわけだ。捨《す》てた人間《にんげん》にも、なにか理由《りゆう》があったのかもしれない。いまとなっては、わからないがね。『リング』には『鳴《な》る』とか『鳴《な》れ！』っていう意味《いみ》がある。『リング、リング、ベル！』は『ベルを鳴《な》らせ』って意味《いみ》だ。おまえのかあさんは、そのことばをなにかの本《ほん》で読《よ》んだことがあった。その子犬《こいぬ》は、生《い》きるためにベルを鳴《な》らす必要《ひつよう》があった。だから、この子《こ》の名前《なまえ》をリング、ってつけた。そうだね、ヤヤ？」

おかあさんは黙《だま》ってうなずきました。でも、その間《あいだ》も、リングを抱《だ》きしめたまま放《はな》そうとはしませんでした。

20 「館《やかた》」の娘《むすめ》

おかあさんは、いつまでもリングの首《くび》を抱《だ》きしめています。もしかしたら、おかあさんは、バーバよりもリングに会《あ》いたかったのかもしれませんね。

「リング……ごめんね、許《ゆる》して。ほんとうに、ほんとうに連《つ》れていきたかったけど、あのときのわたしには、そんな余裕《よゆう》がなかったの」

「大丈夫《だいじょうぶ》だ、ヤヤ。あたしがリングにはよくいい聞《き》かせておいた。『おまえはヤヤに捨《す》てられたんじゃない。ヤヤは、この家《いえ》の住人《じゅうにん》ではなくなったから出《で》ていった。おまえは、この家《いえ》の住人《じゅうにん》だから残《のこ》らなくちゃならない。おまえにはやるべき役割《やくわり》があるんだ』ってね」

ミレイちゃんは、いつの間《ま》にか、バーバのエプロンにもたれるようにして、おかあさんとリングを見《み》ていました。バーバの手《て》がミレイちゃんの肩《かた》に置《お》かれています。

「わたし……もう行《い》くね」そういうと、おかあさんは立《た》ち上《あ》がりました。涙《なみだ》をぬぐったように、ミレイちゃんには見《み》えたのです。

「家《いえ》には入《はい》らないのかい？」

「うん。いま、『館《やかた》』に入《はい》ると、ダメになりそうな気《き》がする。懐《なつ》かしすぎて、いまの生活《せいかつ》を忘《わす》れてしまうといけないから。今回《こんかい》は、ミレイを連《つ》れてくるだけ、と決《き》めていたの」

「わかった。いつでも戻《もど》りたいときに戻《もど》ればいい。あんたは、『館《やかた》』の娘《むすめ》なんだから」

おかあさんは、ミレイちゃんの両手《りょうて》を握《にぎ》り、それから、ミレイちゃんの顔《かお》にくっつくように顔《かお》を寄《よ》せました。

「ミレイちゃん。これから夏休《なつやす》みの間《あいだ》、あなたは『さるすべりの館《やかた》』で暮《く》らします。必要《ひつよう》なものはあした、宅配便《たくはいびん》で届《とど》きます」

「はい」

「バーバのいうことをよく聞《き》いて。それから……あなたは、ここで……この『館《やかた》』で、いろんなことに出会《であ》うはずです。それから、いろんな人《ひと》にも。いまは詳《くわ》しくは教《おし》えない。というか、わたしにもよくわからないから。でも、ここであなたが出会《であ》うことのすべてが、あなたにとって素晴《すば》らしいことだと思《おも》っています。その中《なか》には、こわいこともあるかもしれません。でも、こわがらないで。だれかが必《かなら》ず助《たす》けてくれるから。あなたは、いつでも守《まも》られているから。絶対《ぜったい》に」

そういうと、おかあさんはミレイちゃんを強《つよ》く抱《だ》きしめました。

「おかあさん……痛《いた》いです……」

ミレイちゃんには質問《しつもん》したいことがたくさんありました。でも、おかあさんは教《おし》えてくれないでしょう。そう思《おも》って、ミレイちゃんは黙《だま》っていることにしたのでした。

「ママ、ミレイちゃんをお願《ねが》いします」

「ああ、大丈夫《だいじょうぶ》だ。心配《しんぱい》することはなにもないよ。あたしに任《まか》せて」

おかあさんは立《た》ち上《あ》がり、くるりと背《せ》を向《む》けると、そのまま一度《いちど》も振《ふ》り返《かえ》らず道《みち》の向《む》こうに消《き》えてゆきました。そして、リングは見《み》えない目《め》で、おかあさんの去《さ》っていった方《ほう》をいつまでも追《お》っていたのでした。

21 二本《ほん》のさるすべりの樹《き》

「おまえのかあさんは、行《い》ってしまった」

ミレイちゃんはバーバを見《み》ました。バーバは、おかあさんが消《き》えた道《みち》の向《む》こう側《がわ》をずっと見《み》つめています。

「あの子《こ》は、いつだってあんなふうだった。思《おも》った瞬間《しゅんかん》に、行動《こうどう》している。そして、気《き》がついたときには、だれも追《お》いつけない遠《とお》いところまで行《い》っている。母親《ははおや》のあたしにだってね」

「バーバ……」

「なんだい？」

「おかあさんのこと、怒《おこ》ってる？」

「怒《おこ》る？ そんなわけがあるものか。親《おや》というものは、子《こ》どもが自分《じぶん》の手《て》から届《とど》かないところまで行《い》ってしまうのが、いちばん嬉《うれ》しいものさ。おまえは、どうなのかねえ」

バーバは、ミレイちゃんの髪《かみ》をゆっくりなでながら、つぶやくようにいいました。

「なんてやわらかい髪《かみ》なんだ。あたしもヤヤも硬《かた》い髪《かみ》なのに。やっぱり、大《おお》バーバに似《に》てるんだね」

ミレイちゃんは、なんだか嬉《うれ》しいような恥《は》ずかしいような変《へん》な気分《きぶん》です。わたしって、そんなに「大《おお》バーバ」に似《に》てるのかな。「大《おお》バーバ」って、どんな人《ひと》だったのかな。

「さあ、ミレイちゃん。おまえを『館《やかた》』へ案内《あんない》するとしようか。なに、すぐそこだ」

バーバはリングを連《つ》れて、ゆっくりと道《みち》を歩《ある》きはじめました。周《まわ》りは、すべて緑《みどり》の樹《き》ばかり。いつの間《ま》に、こんな深《ふか》い山《やま》の中《なか》に入《はい》っていたのでしょう。

「着《つ》いたよ」

見上《みあ》げるような大《おお》きな木《き》の扉《とびら》があります。

「そこは、車《くるま》が出入《でい》りするためのものだ。人間用《にんげんよう》は、その隣《となり》の小《ちい》さなやつさ」

バーバは、小《ちい》さなくぐり戸《ど》を開《あ》けて中《なか》に入《はい》ります。リングも当《あ》たり前《まえ》のように中《なか》へ入《はい》りました。ミレイちゃんもあわてて、門《もん》をくぐりました。そして、思《おも》わず声《こえ》を上《あ》げそうになったのです。

バーバはいいました。

「『さるすべりの館《やかた》』へようこそ」

それは、ミレイちゃんが一度《いちど》も見《み》たことのない光景《こうけい》でした。

大《おお》きな、深《ふか》い、緑《みどり》の森《もり》に抱《かか》えられるように、白《しろ》っぽい屋根《やね》の大《おお》きな屋敷《やしき》がひっそりとたたずんでいました。そして、その上《うえ》には、どこまでも青《あお》い空《そら》が広《ひろ》がっています。そして、屋敷《やしき》に向《む》かって、ゆるやかに弧《こ》を描《えが》いて、レンガの道《みち》が続《つづ》いていました。その両側《りょうがわ》には、ほんとうにたくさんの花《はな》が咲《さ》いていたのです。

でも、なにより素晴《すば》らしいのは、その屋敷《やしき》を守《まも》るように、一本《ぽん》ずつ、左《ひだり》と右《みぎ》に離《はな》れて立《た》っている、みごとに赤《あか》い花《はな》でおおわれた樹《き》でした。

「さるすべりだ。この館《やかた》は百年《ねん》ほど前《まえ》に建《た》てられた。でも、あの二本《ほん》のさるすべりは、その前《まえ》からここにあった。あたしたちのご先祖《せんぞ》は、それが気《き》に入《い》って、わざわざ、その間《あいだ》に館《やかた》を建《た》てることにしたのさ。ここら辺《へん》にあった古《ふる》い大木《たいぼく》は一本《ぽん》たりとも切《き》ってないんだよ」

22 名《な》前《まえ》

ミレイちゃんは、バーバとリングのあとをついて歩《ある》いていきました。

なんだか「オズの魔《ま》法《ほう》使《つか》い」に出《で》てくるレンガの道《みち》を歩《ある》いている気《き》分《ぶん》です。あれは黄《き》色《いろ》いレンガだったけれど。

「ああ、いっぱい、花《はな》が咲《さ》いてる！」

ミレイちゃんがそういうと、バーバは立《た》ち止《ど》まって、少《すこ》し厳《きび》しい声《こえ》でいいました。

「『花《はな》』なんてものはないんだよ。みんな、名《な》前《まえ》がついているんだ。いいかい？ このアサガオみたいな形《かたち》をした、オレンジの花《はな》はノウゼンカズラ。そこにある、もうちょっと大《おお》きくて、白《しろ》いのがフヨウ。その先《さき》にある、ヒトデみたいな形《かたち》をした小《ちい》さい花《はな》はイワタバコ。そして、あそこに咲《さ》いている、真《ま》ん中《なか》が黄《き》色《いろ》くて、白《しろ》い花《はな》びらはナツツバキ。ミレイちゃん、あっちを見《み》てごらん」

そういうと、バーバは庭《にわ》のあちこちに立《た》っている大《おお》きな樹《き》を一本《ぽん》ずつ指《ゆび》さしました。

「あれは、すだ椎《じい》。反対側《はんたいがわ》にあるのがビャクシンだ。その向《む》こうにある、もっと大《おお》きな樹《き》は槙《まき》。その隣《となり》で、枯《か》れかかったアジサイに囲《かこ》まれているのが栴檀《せんだん》だ。みんな、この館《やかた》が建《た》てられるずっと前《まえ》からそこにあった樹《き》ばかりだ。何百年《なんびゃくねん》も生《い》きている樹《き》だってある」

やがて、ふたりは、二本《ほん》あるさるすべりの一本《ぽん》の前《まえ》にやって来《き》ました。

「……大《おお》きい……」

「そうだ。近《ちか》づいてみると、遠《とお》くで見《み》るよりずっと大《おお》きいだろう?」

そのさるすべりは、大《おお》きく、横《よこ》に長《なが》く、うねるようにはりめぐらせた枝《えだ》に、無数《むすう》の赤《あか》に近《ちか》い濃《こ》いピンクの花《はな》を咲《さ》かせていました。

そのときでした。ミレイちゃんは、いままで一度《いちど》も感《かん》じたことのない不思議《ふしぎ》な気持《きも》ちになったのです。

……なんだろう……なんだかわからないけど……わたし……ものすごく懐《なつ》かしい気《き》がする……ここに来《き》たことがある……ここに来《き》て、この樹《き》の下《した》にいた……。

そんなはずはありません。ミレイちゃんは、生《う》まれて初《はじ》めて、この「さるすべりの館《やかた》」の門《もん》をくぐったのですから。

「どうかしたのかい？」

バーバが心配《しんぱい》そうにミレイちゃんの顔《かお》をのぞきこんでいます。

「大丈夫《だいじょうぶ》。たくさん歩《ある》いたから疲《つか》れただけ」

「そうか。ここにいる間《あいだ》に、少《すこ》しからだを鍛《きた》えなきゃいけないね。さあ、館《やかた》に入《はい》ろうかね」

「うん」

「その前《まえ》に、しなきゃならないことがある」

「なにを？」

「初《はじ》めて入《はい》るときには、この『館《やかた》』に、ちゃんと挨拶《あいさつ》するんだ」

「……どうして？」

「建物《たてもの》も生《い》きているからだよ。人間《にんげん》が作《つく》ったものは、実《じつ》は、なんでもそうなんだ。まあ、おまえが住《す》んでいるようなコンクリートの建物《たてもの》なんぞは、自分《じぶん》が生《い》きていることをすっかり忘《わす》れてしまってるみたいだがね」

23 「時間《じかん》」の色《いろ》

ミレイちゃんは「さるすべりの館《やかた》」の玄関《げんかん》の前《まえ》に立《た》っていました。近《ちか》づいた「館《やかた》」の周《まわ》りは、やはりたくさんの花《はな》や植物《しょくぶつ》たちでおおわれて、濃《こ》い紫《むらさき》にも焦《こ》げ茶《ちゃ》にも見《み》える屋敷《やしき》の壁《かべ》に、緑《みどり》の波《なみ》が打《う》ち寄《よ》せているみたいです。

ミレイちゃんは、「館《やかた》」の壁《かべ》に張《は》りめぐらされた板《いた》に、そっと手《て》を触《ふ》れました。

「それはこけら板《いた》、っていうんだ。手入《てい》れに手間《てま》ばかりかかって、防火《ぼうか》の役目《やくめ》は果《は》たせないんだがね。まあ役《やく》に立《た》たないことにかけては、このばあさんなみってことだ」

「でも、なんだかきれいな色《いろ》……」

「作《つく》られたときには灰色《はいいろ》だったらしいが、いまはすっかり変《か》わってしまった。だから、それは『時間《じかん》』の色《いろ》ってわけだね」

バーバは「館《やかた》は生《い》きている」といいました。確《たし》かに、そうなのかもしれない。ミレイちゃんは、そう思《おも》いました。いままで一度《いちど》も、建物《たてもの》というものに感《かん》じたことのない、なんというか「威厳《いげん》」のようなものが、「館《やかた》」にはあったのです。それに、なんだか見《み》つめられているような気《き》もしたのでした。

ミレイちゃんはリュックを背負《せお》ったまま、「こんにちは。『さるすべりの館《やかた》』さん。初《はじ》めまして、ミレイといいます。おかあさんが昔《むかし》、たいへんお世話《せわ》になったそうですね。その節《せつ》はありがとうございました。そして、この度《たび》はお招《まね》きいただいて、感謝《かんしゃ》しております。このような立派《りっぱ》なおうちにごやっかいになるのは初《はじ》めてですが、失礼《しつれい》のないよう頑張《がんば》りますので、どうかよろしくお願《ねが》いします」というと、深々《ふかぶか》とお辞儀《じぎ》をしました。

「バーバ、これでいい？」

「おまえがいいと思《おも》うなら、それでいい。だいたい、この『館《やかた》』は、可愛《かわい》い女《おんな》の子《こ》にはやさしいからね。たぶん、おまえのことも気《き》に入《い》ってくれるだろうよ。さあ、お入《はい》り」

バーバはレンガでできた階段《かいだん》を上《あ》がると、大《おお》きな戸《と》を開《あ》けました。

ミレイちゃんは声《こえ》をのみました。扉《とびら》の向《む》こうには広間《ひろま》があって、そこだけでもミレイちゃんの家《いえ》のリビングよりずっと広《ひろ》いのです。

「ここにはなにもないよ。ただ通《とお》り過《す》ぎるだけだ。こんなことでいちいち驚《おどろ》いていたら、きりがない。とにかく、『館《やかた》』は無駄《むだ》に広《ひろ》いからね」

バーバは、ミレイちゃんを連《つ》れて一階《かい》をゆっくり歩《ある》きながら、説明《せつめい》してくれました。

バーバの部屋《へや》。信《しん》じられないくらい広《ひろ》くて、ほんものの暖炉《だんろ》のある食堂《しょくどう》。バーバがいつも絵《え》を描《か》いているアトリエ。その絵《え》を乾《かわ》かすための部屋《へや》。大《おお》きなサンルーム。いまは使《つか》っていない女中部屋《じょちゅうべや》。いまは使《つか》っていない客室《きゃくしつ》。いまは使《つか》っていないなにかの部屋《へや》……。

「バーバ」

「なんだい？」

「わたし……覚《おぼ》えられない」

「ハッハッハ。覚《おぼ》える必要《ひつよう》はないよ。さて、おまえの部屋《へや》に案内《あんない》しようかね」

24 斜《なな》めに曲《ま》がった振《ふ》り子《こ》時計《どけい》

五人《にん》くらいの人間《にんげん》だって横《よこ》に並《なら》んでそのまま歩《ある》いていけそうな、幅《はば》の広《ひろ》い階段《かいだん》を、バーバのあとについて、ミレイちゃんは上《あ》がってゆきます。ミレイちゃんの足《あし》もとではギュッ、ギュッと木《き》の板《いた》が心地《ここち》いい音《おと》をたてました。外《そと》はあんなに暑《あつ》かったのに、「館《やかた》」の中《なか》は不思議《ふしぎ》にひんやりしています。

「バーバ」

「どうかしたかい」

「どこにエアコンがあるの？　とっても涼《すず》しいんだけど」

「エアコンなんてシャレたものは、ここにはないよ。周《まわ》りの森《もり》が天然《てんねん》の冷房装置《れいぼうそうち》になって、涼《すず》しい風《かぜ》を送《おく》ってくれるから、いつだってこの中《なか》は涼《すず》しいんだ。まあ、その代《か》わり、冬《ふゆ》は少々寒《しょうしょうさむ》いんだがね。ご覧《らん》、ミレイちゃん」

二階《かい》に続《つづ》く階段《かいだん》を上《あ》がりきったところにある広間《ひろま》にたどり着《つ》くと、バーバは、片隅《かたすみ》に置《お》いてあるさびた鉄《てつ》のパイプの固《かた》まりのようなものを指《ゆび》さしました。

「ボイラー室《しつ》で沸《わ》かされた熱湯《ねっとう》が、この管《くだ》を通《とお》って『館《やかた》』全体《ぜんたい》を温《あたた》めていたんだ。百年前《ねんまえ》には最新《さいしん》の設備《せつび》だったがね。もう人《ひと》もほとんどいなくなったから、これも『無用《むよう》の長物《ちょうぶつ》』になってしまった」

そういうとバーバは、目《め》の前《まえ》の部屋《へや》の方《ほう》を向《む》きました。

「そこが、この夏休《なつやす》み、おまえが過《す》ごす部屋《へや》になる。その隣《となり》は『赤《あか》の部屋《へや》』だ。ほんとうは、この『館《やかた》』でもいちばん明《あか》るい部屋《へや》なんだが、いまは鍵《かぎ》をかけてある。入《はい》ってはいけない、ってことだ。その先《さき》のサンルームもカーテンを下《お》ろしてあるから暗《くら》いだろう。このまま廊下《ろうか》をまっすぐ行《い》くと、右側《みぎがわ》の奥《おく》に『緑《みどり》の部屋《へや》』がある。そこも鍵《かぎ》がかかっているが、そのうち、見《み》せてあげるつもりだ。ほかにも納戸《なんど》やら物置《ものおき》やら客間《きゃくま》があるが、開《あ》けても古《ふる》い荷物《にもつ》が置《お》いてあるばかりだよ」

「バーバ」

「なんだい」

「あそこの掛《か》け時計《どけい》……どうして動《うご》いていないの？　ただの置物《おきもの》なの？　それに……わたしの目《め》が変《へん》なのかなあ。なんだか、ちょっとだけ曲《ま》がってるみたいなんだけど」

「ああ、あれか。めずらしいだろう？　あれは、ゼンマイ式《しき》の振《ふ》り子時計《こどけい》だ。この『館《やかた》』ができたとき、ドイツから買《か》ってきたんだ。ゼンマイ式《しき》だから巻《ま》くだけでいい、電気《でんき》なんかいらない。けれど、いつの間《ま》にか、ときどき止《と》まるようになった。どうやら、この『館《やかた》』を支《ささ》える地盤《じばん》がゆるんで、建物《たてもの》が少《すこ》しずつ傾《かたむ》きはじめたせいらしい。だから、最初《さいしょ》は、時計《とけい》そのものをちょっと斜《なな》めにしてみたようだ。だが、そんなことでは追《お》いつかなくなった。だから、少《すこ》し斜《なな》めになったまま止《と》まってしまったんだ。あれを動《うご》かすためには、もう一度《いちど》、昔《むかし》のように建物全部《たてものぜんぶ》を正《ただ》しい位置《いち》に戻《もど》すしかないんだよ。でも、それは無理《むり》な話《はなし》だ。ここにあるものは、みんな古《ふる》くなって、止《と》まり、朽《く》ちてゆくんだ。あたしみたいにね」

25　山《やま》の音《おと》、海《うみ》の音《おと》

「フゥゥッ！」

ミレイちゃんはベッドに身《み》を投《な》げ出《だ》すと、大《おお》きく息《いき》をはきました。

もうパジャマへの着替《きが》えも終《お》わりました。歯《は》みがきも済《す》ませています。だから、安《あん》心《しん》です。そのまま寝《ね》てしまっても。

なんてたくさんのことがあった一日《にち》だったでしょう！

鎌倉《かまくら》に来《き》たこと。バーバと初《はじ》めて会《あ》ったこと。おかあさんが帰《かえ》っていったこと。リングに手《て》の先《さき》をなめられたこと。「さるすべりの館《やかた》」に挨拶《あいさつ》をして、そのものすごく広《ひろ》い屋敷《やしき》の中《なか》をバーバに案内《あんない》されたこと。見《み》たもの聞《き》いたものすべてが、ミレイちゃんの頭《あたま》の中《なか》で渦巻《うずま》いてパンクしそうです。

「ビーちゃん！　どうしよう！　興奮《こうふん》しちゃって、今晩《こんばん》は絶対寝《ぜったいね》られないわ！」

ついさっきまで、ミレイちゃんは、食堂《しょくどう》でバーバと夕《ゆう》ご飯《はん》を食《た》べていました。がらんとした食堂《しょくどう》の隅《すみ》に置《お》かれたテーブルは、十人《にん》くらいは楽《らく》に席《せき》につくことができそうでした。

最初《さいしょ》は両端《りょうはし》に離《はな》れて食《た》べていたふたりでしたが、まず寂《さび》しくなったのはミレイちゃんの方《ほう》でした。

「ねえ、バーバ。なんだかちょっと離《はな》れすぎてて、わたし、寂《さび》しい」

「そうだねえ。ふたりしかいないんだから、離《はな》れて食《た》べるのもおかしいねえ」

「そっちへ行《い》っていい？」

「いいとも」

そのことを思《おも》い出《だ》すと、笑《わら》いたくなります。テーブルの端《はし》に、ふたりでくっつくようにしてご飯《はん》を食《た》べていたことがおかしくて。

見上《みあ》げると、天井《てんじょう》の板《いた》は勾配《こうばい》がついています。それはやわらかいオレンジの灯《ひ》を受《う》けて、まるで夕焼《ゆうや》けの空《そら》を見《み》ているようです。

少《すこ》し開《ひら》いた窓《まど》からは、外《そと》の冷《つめ》たい風《かぜ》が入《はい》ってきます。ミレイちゃんは鼻《はな》をぴくぴくさせました。東京《とうきょう》の家《いえ》の窓《まど》からも森《もり》の匂《にお》いを感《かん》じることができました。でも、この「館《やかた》」の窓《まど》から入《はい》ってくる森《もり》の匂《にお》いは、その一万倍《まんばい》も強烈《きょうれつ》です。まるで、森《もり》の中《なか》で寝《ね》ているみたい。

ミレイちゃんは目《め》を閉《と》じました。音《おと》が聞《き》こえてきます。無数《むすう》の紙《かみ》がこすれるような、目《め》に見《み》えないほど小《ちい》さな鈴《すず》が一千億《せんおく》も同時《どうじ》に鳴《な》っているような、風《かぜ》が波《なみ》のように空《くう》中《ちゅう》でぶつかり合《あ》っているような、いつまでも聞《き》いていたいような、そんな音《おと》でした。

「あれは、バーバがいっていた『山《やま》の音《おと》』なんだろうか」

バーバはミレイちゃんにいったのです。

「耳《みみ》を澄《す》ますと『山《やま》の音《おと》』が聞《き》こえてくる。それは風《かぜ》が山《やま》の樹《き》や葉《は》や、山《やま》そのものをやさしく揺《ゆ》らす音《おと》だ。よく聞《き》くと、その中《なか》に、山《やま》の向《む》こうからやってくる『海《うみ》の音《おと》』が混《ま》じっていることもわかるはずだ」

世界《せかい》はなんとたくさんの音《おと》で満《み》たされているのでしょう。ミレイちゃんはためいきをつきました。そして、自分《じぶん》がまるで耳《みみ》そのものになったような気《き》がしたのでした。

26 もうひとつの音《おと》

ミレイちゃんは何度《なんど》も寝返《ねがえ》りをうちました。だって、ベッドがあまりにも気持《きも》ちよかったからです。

「ビーちゃん、このベッド、広《ひろ》いだけじゃないの。ものすごく寝心地《ねごこち》がいいのよ。まるで雲《くも》の上《うえ》にいるみたい」

「それは、なによりです」

「ねえ、ちょっと聞《き》いていい？」

「なんでしょうか」

「ビーちゃん、もともと『館《やかた》』に住《す》んでいたのでしょう？　どうして、そのことをわたしに教《おし》えてくれなかったの？」

「あのお……ぬいぐるみというものには、ミレイちゃんのような人間《にんげん》にはわからない

『事情《じじょう》』というものがいろいろありまして……」

「たとえば？」

「えっとですね……ぼくたちは、いったん『持《も》ち主《ぬし》』が変《か》わってしまうと、もとの『持《も》ち主《ぬし》』と暮《く》らしていた頃《ころ》の記憶《きおく》がなくなってしまうんですよ。なんていいましたっけ……『初期化《しょきか》』？……されるんですねえ」

「ほんとに？」

「まあ、ぼくたちは、機械《きかい》とはちがってもっと高等《こうとう》な『生《い》きもの』ですので、実際《じっさい》にはそれほど単純《たんじゅん》ではなく、部分的《ぶぶんてき》に思《おも》い出《だ》すこともありますし、ときには相当程度《そうとうていど》、記憶《きおく》が復元《ふくげん》されることもあるそうですが」

「『あるそうです』って、なに、それ。だれに聞《き》いたの？」

「……内緒《ないしょ》」

「もう！　ビーちゃんったら！」

「なにをするんですか！　そんなに強《つよ》く揺《ゆ》すってはダメですよ！　クビのところと、左足《ひだりあし》のつけ根《ね》のところは、布《ぬの》……じゃなくて、皮《ひ》ふが薄《うす》くなってて破《やぶ》けやすいんですから！」

「じゃあ、ぬいぐるみのお医者《いしゃ》さんに連《つ》れていってあげようか？」

「勘弁《かんべん》してくださいよ。ぼく、医者《いしゃ》は苦手《にがて》なんですよねえ……」

そのときでした。

「しっ、静《しず》かに、ビーちゃん」

音《おと》が聞《き》こえたのです。いままで聞《き》いたことのない音《おと》が。

ミレイちゃんは、また、目《め》を閉《と》じ耳《みみ》を澄《す》ませました。ずっと闇《やみ》の中《なか》にいて、満天《まんてん》の星《ほし》に気《き》づくように、いま、どんな小《ちい》さな音《おと》も聞《き》こえるような気《き》がしていたのです。

「なにかしら」

「山《やま》の音《おと》」でも「海《うみ》の音《おと》」でもない、もっと別《べつ》のなにかの音《おと》が聞《き》こえてきます。

「ビーちゃん。あれ、もしかしたら、振《ふ》り子時計《こどけい》の振《ふ》り子《こ》の音《おと》じゃない？」

「……確《たし》かに……」

「でも、バーバは、あの時計《とけい》はもうずっと動《うご》いていない、っていったのに」

その瞬間《しゅんかん》でした。今度《こんど》はまちがいなく、時計《とけい》が時《とき》を打《う》つ大《おお》きな音《おと》が、扉《とびら》の外《そと》から聞《き》こえてきたのです。ゆっくり、ひとつずつ。

「ボーン、ボーン、ボーン……」

27 鍵《かぎ》のかかった部屋《へや》

「あの振《ふ》り子時計《こどけい》の音《おと》よ」

「ええ……確《たし》かに」

一階《かい》で寝《ね》ているバーバのところに行《い》って教《おし》えてあげなきゃ。でも、もうバーバはすっかりねむっているかもしれない。ああ、どうしたらいいんだろう!

みなさんは、こんなとき、どうしますか?

止《と》まっているはずの時計《とけい》が動《うご》き出《だ》した。そこは、初《はじ》めて泊《と》まるおうちで、詳《くわ》しい様《よう》子《す》はまるでわからない。そういえば、おかあさんは、こういっていたっけ。

「あぶないところに近《ちか》づいてはいけません。あやしい人《ひと》に近《ちか》づいてもいけません」

だから、このままタオルケットをかぶって寝《ね》ていよう。だって、なにが起《お》こるかわからないんだもの。

……とまあ、こんな具合《ぐあい》に思《おも》うかもしれません。でも、ミレイちゃんはちがいました。こういったのです。

「ビーちゃん」

「なんですか？」

「行《い》こうよ。探検《たんけん》しに」

「ミレイちゃん……本気《ほんき》ですか？」

「もちろん！　だって、なんかワクワクしない？」

そうです。ミレイちゃんは好奇心《こうきしん》のかたまりだったんです。なにか不思議《ふしぎ》なものがあったら、そこに行《い》きたくなり、見《み》たくなる。でも、ミレイちゃんのおとうさんやおかあさんも同《おな》じだから、「遺伝《いでん》」なのかもしれません。

ミレイちゃんは、ベッドから下《お》りると、ビーちゃんを抱《だ》きしめました。やっぱり少《すこ》しこわい。そりゃあ、そうでしょう。もしかしたら、オバケなのかも。

「ビーちゃん、オバケだったらどうしよう。わたし、苦手《にがて》なんだけど」

「ぼくだって、苦手《にがて》ですよ！」

「オバケが出《で》たら、ビーちゃんを、そのオバケの前《まえ》に突《つ》き出《だ》すからね！」

「無理《むり》です、無理《むり》です。ぼく、単《たん》なるぬいぐるみで、十字架《じゅうじか》でもニンニクでもありません！　なんの役《やく》にも立《た》ちませんから！」

ミレイちゃんは、ゆっくり部屋《へや》の扉《とびら》を開《あ》け、外《そと》に出《で》ました。広間《ひろま》が、薄暗《うすぐら》い灯《ひ》に照《て》らされて、ぼんやり見《み》えました。ミレイちゃんは、少《すこ》しずつ歩《ある》いてゆきます。

「ビーちゃん！　ほら、時計《とけい》が動《うご》いてる。おまけに、真《ま》っすぐになってるみたい」

「ああ……ほんとだ」

ミレイちゃんは、ビーちゃんを強《つよ》く抱《だ》きしめたまま、あたりの様子《ようす》をうかがいます。

「なんだろう……これ」

「赤《あか》の部屋《へや》」から、光《ひかり》がもれていました。ミレイちゃんは、「赤《あか》の部屋《へや》」に近《ちか》づき、その扉《とびら》にそっと耳《みみ》をつけました。

「なにか……聞《き》こえる」

ミレイちゃんは、扉《とびら》のノブをそっとつかみました。動《うご》きます。なぜか、鍵《かぎ》はかかっていません。

ミレイちゃんは、静《しず》かに深呼吸《しんこきゅう》をしました。

28 だれかがいる

ミレイちゃんは「赤《あか》の部屋《へや》」の扉《とびら》のノブを握《にぎ》ったまま、立《た》ちつくしていました。少《すこ》し力《ちから》を入《い》れて押《お》せば、部屋《へや》の中《なか》に入《はい》ることができるでしょう。でも……。

ほんとうに不思議《ふしぎ》でした。ミレイちゃんは、この「館《やかた》」に来《き》てから、いえ、鎌倉《かまくら》に着《つ》いて、緑《みどり》の森《もり》の中《なか》を歩《ある》いてから、なんだかすっかり自分《じぶん》が変《か》わったような気《き》がしていたのです。

なんといったらいいんでしょう。

いままでボヤけていたものがクッキリ見《み》えるようになった。いままで聞《き》こえていなかった遠《とお》くの音《おと》が聞《き》こえるようになった。それだけではありません。もっと、目《め》に見《み》えない、音《おと》でも匂《にお》いでもないなにか、それを感《かん》じることさえできるようになった。なんだかそんな感《かん》じがするのです。

「ビーちゃん」

ミレイちゃんは、ビーちゃんの耳《みみ》に口《くち》を寄《よ》せて、ささやくようにいいました。

「この扉《とびら》の向《む》こうにだれかがいて、おまけに、わたしを待《ま》ってる。そんな気《き》がするの」

少《すこ》しもこわくはありませんでした。なんだか懐《なつ》かしいような気《き》さえしたのです。

でも、まだダメなんだ。まだ、わたしはなんの準備《じゅんび》もできてないんだもの。

不意《ふい》に、ミレイちゃんはそう思《おも》いました。自分《じぶん》でも理由《りゆう》がわかりません。とにかく、そう思《おも》ったのです。

「ビーちゃん。この次《つぎ》にしよう」

「いやあ、残念《ざんねん》ですねえ。ここは思《おも》いきって、突入《とつにゅう》あるのみ、と思《おも》ってたんですが」

「ウソ。こわかったくせに」

「……てへっ……」

ミレイちゃんは、そっと足音《あしおと》を忍《しの》ばせて、元《もと》の部屋《へや》に戻《もど》り、ベッドにもぐりこみました。そして、無理《むり》やり目《め》をつむってみます。いくらなんでももう寝《ね》なくてはいけません。朝《あさ》、起《お》きられなくなってしまいます。

「でも、ねむれるかなあ……」

大丈夫。心配することはありません。そのことばが出るときには、いつも、もう半分《ぶん》はねむりの中《なか》へ落《お》ちているのです。

葉《は》っぱが一枚《まい》、地面《じめん》に落《お》ちる、小《ちい》さな、小《ちい》さな音《おと》がしました。

遠《とお》くの海《うみ》の上《うえ》で、一匹《ぴき》の、これもまた、小《ちい》さなイワシの子《こ》どもが、小《ちい》さくはねる音《おと》がしました。

どんな小《ちい》さな音《おと》も聞《き》こえるような、静《しず》かな、静《しず》かな夜《よる》でした。

実《じつ》は、ビーちゃんもまた、なぜかなかなか、ねむることができなかったのです。ぬいぐるみなのにね！

「なんだか、あの部屋《へや》には、ミレイちゃんだけでなく、ぼくを待《ま》っているだれかもいるような気《き》がしたんです……同《おな》じだれかなんでしょうかねえ……」

答《こた》えはありませんでした。だって、そのときにはもう、ミレイちゃんはぐっすりねむっていたのです。そして、次《つぎ》の瞬間《しゅんかん》には、ビーちゃんもまた。

29 カンバスの絵《え》

ミレイちゃんは、大《おお》きな、赤《あか》い花《はな》が咲《さ》く樹《き》がつづく道《みち》を歩《ある》いていました。いつも見《み》る夢《ゆめ》です。あっ、この樹《き》、さるすべりにそっくりじゃないの！ 夢《ゆめ》の中《なか》で気《き》がつくことがあるなんて、信《しん》じられません。たぶん、目覚《めざ》めが近《ちか》いのでしょう。

樹《き》の下《した》には、いつものようにだれかがもたれています。なんと、そのだれかは、手《て》をあげて、ミレイちゃんを呼《よ》んでいるではありませんか！ そんなの初《はじ》めてです。

ミレイちゃんは走《はし》っていました。いまなら、その、だれかの顔《かお》を見《み》ることができる……そう思《おも》ったのです。そして……。

ミレイちゃんは目《め》を開《あ》けました。

朝《あさ》です。少《すこ》し開《ひら》いた窓《まど》から、ざわめくような鳥《とり》たちの声《こえ》が聞《き》こえてきます。一本《ぽん》の樹《き》に、何百《なんびゃく》という鳥《とり》が群《むら》がっているようです。

なんていう鳥《とり》なんだろう。きっと、あの鳥《とり》たちも「鳥《とり》」ではなく、バーバのいうように、名前《なまえ》があるのね。

枕《まくら》もとのテーブルには、ミレイちゃんが持《も》ってきた目覚《めざ》まし時計《どけい》があります。8時《じ》を少《すこ》し過《す》ぎています。ちょっと寝過《ねす》ごしてしまいました。でも、夏休《なつやす》みですものね。

テーブルの上《うえ》に、薄《うす》いピンクの紙《かみ》が、ペンギンの重《おも》しをのせて置《お》いてあります。なんだかいい匂《にお》いがします。それは、バーバからの手紙《てがみ》でした。

「おはよう。ミレイちゃん。よくねむれましたか？　起《お》きたら、着替《きが》えて、階段《かいだん》の向《む》こうにある化粧室《けしょうしつ》で顔《かお》を洗《あら》って、下《お》りてきなさい。バーバはアトリエにいます」

ミレイちゃんは、バーバのいうとおりに着替《きが》えて、アトリエまで下《お》りてゆきました。

まぶしい朝《あさ》の光《ひかり》が、アトリエに差《さ》しこんでいます。バーバはもうエプロンを着《き》て、椅子《いす》に座《すわ》り、カンバスに向《む》かっています。そんなバーバの足《あし》もとには、リングが寝《ね》そべっていました。

「おはようございます。バーバ」

「おはよう。よくねむれたかい？」

「はい！　とっても！」

「ひとりぼっちで、こわくなかったかな」

ミレイちゃんは、昨日《きのう》の夜《よる》の、あの不思議《ふしぎ》なできごとをバーバに話《はな》そうか、と思《おも》いました。ずっと止《と》まっていたはずの振《ふ》り子時計《こどけい》が動《うご》いていたこと。そして、鍵《かぎ》のかかった「赤《あか》の部屋《へや》」に灯《ひ》がついて、だれかがいたようだったこと。でも、みんな、夢《ゆめ》だったのかもしれません。明《あか》るくなったいまでは、そんな気《き》もするのです。

「大丈夫《だいじょうぶ》よ。……バーバ、それ、いま描《か》いてる絵《え》……とても素敵《すてき》！」

ミレイちゃんは、バーバの前《まえ》のカンバスをのぞきこみました。それは優《やさ》しくほほえんでいる男《おとこ》の子《こ》の肖像《しょうぞう》でした。

「わたしも描《か》いてもらいたいなあ」

すると、バーバは厳《きび》しい声《こえ》でこういったのでした。

「ミレイちゃん、それはできないんだ」

30　緑《みどり》の部屋《へや》

ミレイちゃんはびっくりしました。

なにか、バーバを怒《おこ》らせるようなことをいってしまったのかしら。

「ごめんなさい」

「おまえがあやまることはないよ。少《すこ》し説明《せつめい》しなきゃならないね。ついておいで」

ミレイちゃんは、バーバのあとをついてゆきます。さっき下《お》りてきたばかりの階段《かいだん》を上《あ》がり、バーバとミレイちゃんは「緑《みどり》の部屋《へや》」の前《まえ》に立《た》ちました。

バーバはエプロンのポケットから鍵《かぎ》の束《たば》をとりだすと、そのうちの一つを、鍵穴《かぎあな》に差《さ》しこみました。バーバは扉《とびら》をゆっくり開《あ》けると、こういいました。

「お入《はい》り」

真《ま》っ暗《くら》な部屋《へや》に、灯《ひ》がつきます。でも、そんなに明《あか》るくはありません。かすかに絵《え》

の具《ぐ》の匂《にお》いがします。

「あっ！」

ミレイちゃんは思《おも》わず、抱《だ》いていたビーちゃんを落《お》としそうになりました。じゅうたんが敷《し》きつめられた、その広《ひろ》い部屋《へや》の四つの壁《かべ》には、たくさんの絵《え》がかけられています。そして、それはみんな、人《ひと》の顔《かお》を描《か》いた肖像画《しょうぞうが》だったのです。

「これが最初《さいしょ》の一枚《まい》だ」

バーバが指《ゆび》さしたのは、おとなの男《おとこ》の人《ひと》が笑《わら》っている絵《え》でした。

その人《ひと》は、だれかに向《む》かってほほえみかけています。そんな笑顔《えがお》を向《む》けられたら、だれだってしあわせな気持《きも》ちになるような、それはそれは素敵《すてき》な笑顔《えがお》でした。

「それは、あたしの夫《おっと》、おまえのジージにあたる人《ひと》だ。その人《ひと》が亡《な》くなったとき『遺影《いえい》』という写真《しゃしん》を飾《かざ》らなきゃならなかった。お葬式《そうしき》では、みんなそうするんだ。でも、いくら探《さが》しても、笑顔《えがお》の写真《しゃしん》はなかった。厳《きび》しい人《ひと》だったからね、ってみんないってくれた。厳《きび》しくて立派《りっぱ》で、まじめで、いつも真剣《しんけん》な顔《かお》つきをしていたって。でも、ほんとうは、そんなやさしい、とびきりの笑顔《えがお》もできる人《ひと》だった。家族《かぞく》や友《とも》だちにはね。あたしは、それが悔《くや》しかった。だから、お葬式《そうしき》が終《お》わったあとになって、ジージの笑顔《え》を思《おも》い出《だ》して描《か》いたんだ。絵《え》を描《か》くなんて何十年《なんじゅうねん》ぶりだったろう。ミレイちゃん、あたしも、おまえのかあさんと同《おな》じように絵《え》の学校《がっこう》に行《い》ってたんだよ」

「バーバもなの！」

「ああ、そうとも。でも、結婚《けっこん》して、すっかり忙《いそが》しくなって、絵《え》はやめてしまったんだがね」

バーバは、その人《ひと》の絵《え》を、目《め》を細《ほそ》めて、眺《なが》めていました。

「何《なん》か月《げつ》もかかったが、やっと完成《かんせい》した。そのとき、あたしは、これからのあたしの仕事《しごと》は、これだって思《おも》ったんだ。大《おお》バーバも亡《な》くなり、おまえのかあさんが出《で》ていき、そして、ジージも亡《な》くなって、『館《やかた》』は空《から》っぽになった。あたしは、ここを売《う》り払《はら》って、どこかへ行《い》こう、って思《おも》ってた。でも、そうしたら、どうなるだろう」

31　「館《やかた》」が見《み》る「夢《ゆめ》」

ミレイちゃんは、バーバの話《はなし》を聞《き》いていました。

バーバは、話《はな》しながら、窓《まど》のブラインドを上《あ》げていったので「緑《みどり》の部屋《へや》」に太陽《たいよう》の光《ひかり》が差《さ》しこみました。細《こま》かいホコリがきらきら輝《かがや》いているように見《み》えます。

「あたしの夫《おっと》、おまえのジージがいなくなって、ひとりぼっちになったとき、あたしもちょっと元気《げんき》をなくしたけれど、『館《やかた》』もすっかり元気《げんき》をなくしたようだった」

「まあ、ほんとうに人間《にんげん》みたい」

「ああ、そうとも。すっかり沈《しず》んで、暗《くら》い雰囲気《ふんいき》になっていたんだ。けれど、ジージの肖像画《しょうぞうが》を描《か》きはじめて、『館《やかた》』は元気《げんき》をとりもどしていった。あたしには、それがよくわかった。だって、昔《むかし》のことを、よく夢《ゆめ》で見《み》るようになったんだ」

そういうと、バーバは、ミレイちゃんにやさしくほほえみかけました。

『館《やかた》』は生《い》きている、って、あたしはいったろう？ でも、『館《やかた》』は、人間《にんげん》のように生《い》きているわけじゃない。ご飯《はん》も食《た》べないし、学校《がっこう》にも行《い》かない。テレビも見《み》ないし、携帯電話《けいたいでんわ》で話《はな》しこんだりもしない」

「じゃあ、なにをしているの？」

「『夢《ゆめ》』を見《み》ているのさ」

「『夢《ゆめ》』？」

「そうだよ。ずっとここで暮《く》らして、だんだんわかってきたことがある。この『館《やかた》』は、長《なが》い、長《なが》い、覚《さ》めない『夢《ゆめ》』をずっと見《み》ているんだ。それは、この『館《やかた》』で起《お》こったこと、ここに住《す》んだ人《ひと》たち、ここを訪《おとず》れた人《ひと》たちの『夢《ゆめ》』だ。でも、『夢《ゆめ》』を見《み》るのは、『館《やかた》』だけじゃない。よく聞《き》くんだよ、ミレイちゃん」

「はい」

「あたしたちの周《まわ》りにあるものは、みんな、『夢《ゆめ》』を見《み》ている。『館《やかた》』以外《いがい》の建物《たてもの》だって、そうだ。それから、大切《たいせつ》に使《つか》われたり、ずっと長《なが》い間《あいだ》持《も》っていたものなんて、特《とく》にね。小《ちい》さい頃《ころ》着《き》ていた服《ふく》が、どこかから出《で》てきて、懐《なつ》かしいと感《かん》じたことはないかい？ おまえの時代《じだい》には、もうそんなものはないのかもしれないが、古《ふる》い写真《しゃしん》を見《み》ていると、胸《むね》の奥《おく》がぐらぐらするような気《き》がしてくるものだ。それは、『服《ふく》』も『写真《しゃしん》』

も、ずっと『夢《ゆめ》』を見《み》ていて、そのことを、あたしたちが感《かん》じるからなんだ。『夢《ゆめ》』を見《み》るのは、あたしたち人間《にんげん》だけじゃない。犬《いぬ》も猫《ねこ》も『夢《ゆめ》』を見《み》る。それは知《し》っているだろう？　魚《さかな》もちょうちょも、アリだって『夢《ゆめ》』を見《み》る。古《ふる》い樹《き》たちは、もしかしたら、どんなほかの生《い》きものよりも複雑《ふくざつ》な『夢《ゆめ》』を見《み》ているかもしれない。そして、古《ふる》い机《つくえ》や、小《ちい》さい頃《ころ》のお絵《え》描《か》きノートや、もう使《つか》わなくなった毛布《もうふ》や、汚《よご》れた絵本《えほん》や、おもちゃ箱《ばこ》に入《はい》ったままの人形《にんぎょう》だって、実《じつ》は『夢《ゆめ》』を見《み》ている。あたしたちが見《み》る『夢《ゆめ》』よりは、たぶん、ずっと淡《あわ》いものだけれどね」

ミレイちゃんは、バーバのいっていることが、なんとなくわかるような気《き》がしました。

32 二枚目《まいめ》の絵《え》

バーバは少《すこ》し腰《こし》をかがめて、ミレイちゃんの顔《かお》に真《ま》っすぐ向《む》き合《あ》っていました。バーバの大《おお》きな目《め》が、まるで心《こころ》のいちばん奥《おく》をのぞきこむみたいに、ミレイちゃんを見《み》つめています。

バーバの話《はなし》には、ミレイちゃんにはまだわからないところもありました。でも、ミレイちゃんは嬉《うれ》しかったのです。子《こ》どもだけれど、おとなと対等《たいとう》なひとりの人間《にんげん》として、見《み》てくれていたことが。

それは、ミレイちゃんのおかあさんも同《おな》じでした。バーバと同《おな》じように、ミレイちゃんの目《め》を真《ま》っすぐ、矢《や》で射《い》るみたいに見《み》つめて話《はな》すのも。子《こ》ども扱《あつか》いをすることが絶対《ぜったい》にないことも。バーバは、きっと、子《こ》どもの頃《ころ》のおかあさんにも同《おな》じように話《はな》してくれていたにちがいありません。だから、あの、ミレイちゃんの大好《だいす》きなおかあさ

んみたいな人《ひと》になったのでしょう。

もし、このお話《はなし》を聞《き》いているおとながいるとしたら、おとなのみなさん、ぜひ、わかってください。子《こ》どもというものは、ときには、おとなにもないような深《ふか》い知恵《ちえ》を持《も》っていたり、おとなとはちがった種類《しゅるい》の勇気《ゆうき》を持《も》つこともできます。だから、ほんとうにお願《ねが》いします。子《こ》どもを可愛《かわい》がるだけではなく、同《おな》じ人間《にんげん》として、大切《たいせつ》に扱《あつか》い、そして尊重《そんちょう》してください。

気《き》がつくと、ミレイちゃんはバーバの手《て》を握《にぎ》っていました。もしかしたら、バーバがミレイちゃんの手《て》を握《にぎ》ってくれたのかもしれません。それも、おかあさんと同《おな》じです。手《て》を握《にぎ》られていると、こわいものがなにもなくなることも。

「ジージの肖像画《しょうぞうが》を描《か》いて、この部屋《へや》にかざったあと、あたしは、次《つぎ》の絵《え》を描《か》いた。ずっと前《まえ》に亡《な》くなった、あたしの姉《ねえ》さんの絵だ。姉《ねえ》さんは、とても若《わか》いときに亡《な》くなってしまった。ほんとうにきれいな人《ひと》だった。あたしはずっと憧《あこが》れていたんだ。でも、もう、その姉《ねえ》さんのことを知《し》っている人《ひと》もいない。あたしは、記憶《きおく》を探《さぐ》りながら、姉《ねえ》さんの絵《え》を描《か》いた。毎晩《まいばん》のように、あの頃《ころ》の姉《ねえ》さんの『夢《ゆめ》』を見《み》たが、それはきっと、『館《やかた》』が自分《じぶん》の『夢《ゆめ》』をあたしに運《はこ》んでくれたんだろう。姉《ねえ》さんがきれいだった頃《ころ》、『館《やかた》』もほんとうに人《ひと》でにぎわっていたからね」

バーバに手《て》を引《ひ》かれて、ミレイちゃんは、若《わか》い女《おんな》の人《ひと》が描《か》かれた絵《え》の前《まえ》に来《き》ました。

「きれいな人《ひと》……」

きれいな人《ひと》。そんなことばしか、ミレイちゃんには思《おも》いつけませんでした。その、女優《じょゆう》さんのようにきれいな、若《わか》い女《おんな》の人《ひと》は、やさしくほほえんでいましたが、ミレイちゃんには、なんだか少《すこ》し悲《かな》しそうにも見《み》えたのです。

「バーバ」

「なんだい？」

「この人《ひと》……なんか悲《かな》しそう」

「おやおや、おまえはなんでもお見通《みとお》しなんだね」

33 もうひとりの……

「姉《ねえ》さんには、とても悲《かな》しいお話《はなし》があるんだ。おまえにも、いつか話《はな》してあげることがあるかもしれない。そうやって、あたしは、もういない人《ひと》たち、でも、この『館《やかた》』に縁《えん》の深《ふか》い人《ひと》たちの肖像画《しょうぞうが》を描《か》くようになったんだ。確《たし》かに、写真《しゃしん》が残《のこ》っている人《ひと》たちもいる。でも、あたしが知《し》っているその人《ひと》たちは、もっと素敵《すてき》で、もっと、心《こころ》をはずませてくれるような表情《ひょうじょう》を見《み》せてくれた。それを一つ、一つ、思《おも》い出《だ》しながら、あたしは絵《え》を描《か》いている。だから、あたしが描《か》くのは、もうこの世《よ》にはいない人《ひと》ばかりだ。生《い》きているおまえを描《か》くわけにはいかないだろう？」

そういうと、バーバはミレイちゃんの髪《かみ》をそっとなでました。

「できあがると、乾《かわ》くまで待《ま》って、この部屋《へや》にかざるんだ。実《じつ》はね、ミレイちゃん」

「はい」

「あたし以外《いがい》で、この部屋《へや》に入《はい》ったのは、おまえが初《はじ》めてなんだよ」

いつの間《ま》にか、ミレイちゃんはつないでいたバーバの手《て》を離《はな》して、ひとりで、一枚《まい》ずつ、絵《え》たちを見《み》つめていました。

そこには、ミレイちゃんの知《し》らない、たくさんの人《ひと》たちがいました。おとなも、ときには子《こ》どもも。年《とし》をとった人《ひと》も、男《おとこ》の人《ひと》も女《おんな》の人《ひと》も。軍服《ぐんぷく》を着《き》た人《ひと》も、立派《りっぱ》なヒゲを生《は》やした人《ひと》も。でも、ひとりひとり、みんなちがうのに、どの人《ひと》も、優《やさ》しいほほえみを浮《う》かべて、こっちを向《む》いていることだけは同《おな》じでした。

ミレイちゃんが見《み》つめると、なんだか、向《む》こうの人《ひと》たちも見《み》つめ返《かえ》してくれるような気《き》がします。まるで、ミレイちゃんに向《む》かって、なにかを話《はな》しかけようとしているみたいです。なんて不思議《ふしぎ》な絵《え》たちなんでしょう。

「それでいい」

ミレイちゃんのうしろから、バーバがいいました。

「なにかを見《み》るときは、そうやって真《ま》っすぐ、真剣《しんけん》に見《み》るんだ。そうすると、向《む》こうも、真剣《しんけん》に、大切《たいせつ》なことを見《み》せてくれるはずだ」

そして、次《つぎ》の絵《え》に移《うつ》ったとき、びっくりするようなことが起《お》こったのです。なんてことでしょう！　ミレイちゃんは、驚《おどろ》きすぎて、口《くち》をポカンと開《あ》けたまま、閉《と》じることができなくなってしまいました。

「バー……バ……これ……」

「驚《おどろ》いたかい？　実《じつ》は、驚《おどろ》いたのは、あたしも同《おな》じだ。ヤヤの背中《せなか》のうしろから、おまえが顔《かお》を出《だ》したとき、ほんとうは、心臓《しんぞう》が止《と》まるくらい驚《おどろ》いたんだ。なにしろ、ヤヤが送《おく》ってくれたおまえの写真《しゃしん》は、赤《あか》ちゃんの頃《ころ》のものしかなかったからねえ」

ミレイちゃんが驚《おどろ》いたのも無理《むり》ありませんよ。だって、そこに描《か》かれていたのは、ミレイちゃん本人《ほんにん》だったのですから！

それは、ほんとうに、ミレイちゃんとしか思《おも》えない女《おんな》の子《こ》でした。そして、その女《おんな》の子《こ》は、自分《じぶん》そっくりの女《おんな》の子《こ》に向《む》かって、静《しず》かにほほえんでいたのです。

34　大《おお》バーバ

ミレイちゃんは、その絵《え》、ほんとうに自分《じぶん》そっくりの女《おんな》の子《こ》が笑《え》みを浮《う》かべた絵《え》を、食《く》い入《い》るように見《み》つめていました。

まるで鏡《かがみ》を眺《なが》めているみたいです。でも、確《たし》かに、それは自分《じぶん》ではありません。着《き》ている服《ふく》も、髪《かみ》の形《かたち》も、まるでちがいます。その、ミレイちゃんそっくりの女《おんな》の子《こ》は、おかっぱのような髪《かみ》に、花柄《はながら》のリボンをつけ、しま模様《もよう》の和服《わふく》を着《き》ていたのです。

「おかあさんが持《も》ってた古《ふる》い雑誌《ざっし》の表紙《ひょうし》の女《おんな》の子《こ》みたい」

「ああ、『少女《しょうじょ》の友《とも》』だろう？　『館《やかた》』には、戦争前《せんそうまえ》からの古《ふる》い雑誌《ざっし》がたくさんあったからね。みんな、大《おお》バーバが持《も》っていたんだ。あたしも借《か》りて見《み》たし、ヤヤも借《か》りていた。とても、有名《ゆうめい》な雑誌《ざっし》だ。実《じつ》は、大《おお》バーバは、その雑誌《ざっし》のモデルのようなこともしていたんだ」

ミレイちゃんは、嬉《うれ》しいような、照《て》れくさいような、でも、わけがわからなくて不《ふ》安《あん》でもあるような、不思議《ふしぎ》な気持《きも》ちになっていました。

「ミレイちゃん」

バーバは、ミレイちゃんのうしろに立《た》つと、口《くち》をミレイちゃんの耳《みみ》もとに近《ちか》づけて、こんなふうにささやきました。

「これは大《おお》バーバの11歳《さい》のときの肖像《しょうぞう》だ」

「わたしと同《おな》じ……」

「そうだ。おまえと同《おな》い年《どし》の大《おお》バーバだ。もちろん、あたしが生《う》まれるずっと前《まえ》のことだけれど。あれは、大《おお》バーバが亡《な》くなる少《すこ》し前《まえ》のことだったろうか。大《おお》バーバが、あたしに『アヤさん、あなた、もう絵《え》は描《か》かないの？』っていうんだ。アヤ、っていうのは、あたしのことだ。だから、あたしはこういった。『かあさん、あたしが絵《え》をやめて何年《なんねん》たってると思《おも》うんです』って。すると、かあさんは『そうだねえ。でも、描《か》いてもらいたい絵《え》があるんだけど』っていったんだ。あたしは、こう答《こた》えた。『頼《たの》むなら、ヤヤに頼《たの》んでくださいよ』って。すると、大《おお》バーバは、なんともいえない悲《かな》しそうな顔《かお》になって、こういったんだ。『あの子《こ》には難《むずか》しいんじゃないかって思《おも》うのよ』って」

バーバが、小《ちい》さく息《いき》をはきました。

「おかしなことをいうもんだ。あたしは、そう思《おも》った。だいたい、かあさんはだれかに頼《たの》みごとをするような人《ひと》じゃなかった。だから、こういったのさ。『かあさん、いつになるかわからないけど、あたしでよければ、描《か》いてあげるけど。どんな絵《え》がいいの？』。するとかあさんは、こう答《こた》えた。『わたしの11歳《さい》のときの肖像画《しょうぞうが》を描《か》いてほしいの』って。でも、その話《はなし》は、それで終《お》わりだった。大《おお》バーバは二度《にど》とその話《はなし》をしなかったし、それからすぐに亡《な》くなってしまった。そして、ヤヤが出《で》てゆき、ジージも亡《な》くなった。忙《いそが》しくて、あたしも、大《おお》バーバの頼《たの》みをすっかり忘《わす》れていた。思《おも》い出《だ》したのは、絵《え》を描《か》きはじめてからだ。三枚目《まいめ》の絵《え》が、これなんだよ。とりかかろうとして、気《き》づいたことがある。実《じつ》は……」

35 最初《さいしょ》の娘《むすめ》、最後《さいご》の娘《むすめ》

「写真《しゃしん》からだけでは、ほんとうのその人《ひと》の絵《え》は描《か》けないんだ」

窓《まど》から、夏《なつ》の朝《あさ》の空気《くうき》が入《はい》ってきます。

静《しず》まりかえった「緑《みどり》の部屋《へや》」で、いつの間《ま》にか、ミレイちゃんはバーバにもたれて、うっとりと、やわらかなバーバの声《こえ》に聞《き》き入《い》っていました。なんて優《やさ》しくて、素敵《すてき》な声《こえ》なんだろう。バーバの声《こえ》を聞《き》いていると、どんな不安《ふあん》も消《き》えてしまうような気《き》がします。

それだけではありません。「館《やかた》」に来《き》て、まだたった一日《にち》しかたっていないのに、もう何週間《なんしゅうかん》も、時間《じかん》が過《す》ぎたみたい。ミレイちゃんは、そう思《おも》いました。でも、どうしてなのかな。

「あたしは、大《おお》バーバの肖像《しょうぞう》を描《か》くことにした。でも、11歳《さい》の大《おお》バーバなんか知《し》っているわけがない。だから、『館《やかた》』をあちこち探《さが》して、古《ふる》い写真《しゃしん》がないか調《しら》べてみたんだ。たいへんだったよ。なにしろ、ここには、古《ふる》いガラクタが山《やま》ほどあるからね。最《さい》後《ご》に、大《おお》バーバの部屋《へや》から、大昔《おおむかし》のアルバムが出《で》てきた。そして、ようやく、子《こ》どもの頃《ころ》の写真《しゃしん》を見《み》つけたんだ。でも、それだけでは難《むずか》しかった」

「どうしてなの、バーバ？」

「写真《しゃしん》を見《み》たってわからないことはたくさんある。その人が、ほんとうは、どんな表《ひょう》情《じょう》をするのか、どんな人間《にんげん》なのか。なにが好《す》きで、どんなときに幸《しあわ》せを感《かん》じるのか。それがわからないと、絵《え》を描《か》くことはできないんだ。少《すく》なくとも、あたしにはね。だから、あたしは、あたしの知《し》っている大《おお》バーバを、一生懸命思《いっしょうけんめいおも》い出《だ》そうとした。まだ若《わか》かった頃《ころ》の、若《わか》い母親《ははおや》だった頃《ころ》の大《おお》バーバをね。写真《しゃしん》の大《おお》バーバと、あたしの知《し》っている大《おお》バーバがつながったとき、やっと、11歳《さい》の大《おお》バーバを描《か》くことができたってわけさ。でも、わからなかったのは、どうして急《きゅう》に、自分《じぶん》の絵《え》を描《か》いてもらおうとしたかってことだ」

そういうと、バーバは黙《だま》りこみました。

「バーバ……？」

「もしかしたら」バーバはいいました。

「大《おお》バーバは、いつか、自分《じぶん》とそっくりの娘《むすめ》が来《く》ることを知《し》っていて、その娘《むすめ》に見《み》てもらいたくて、絵《え》を頼《たの》んだのかもしれないね」

「どうして……どうしてなの？」

「大《おお》バーバは、『館《やかた》』で生《う》まれた最初《さいしょ》の娘《むすめ》だった。というか、『館《やかた》』ではどういうものか、娘《むすめ》しか生《う》まれなかったんだがね。そして、おまえは、『館《やかた》』を訪《おとず》れる最後《さいご》の娘《むすめ》になるかもしれない。だから、なんとなく、そう思《おも》っただけだ。理由《りゆう》はないさ。いくら、ひ孫《まご》だからといって、あまりにも似《に》すぎているしね。まあいい、世《よ》の中《なか》にはわからないことはたくさんあるんだ。さて、ミレイちゃん」

「はい」

「おなかが空《す》いてるんじゃないかい？」

「あっ！　そうだった！」

「この部屋《へや》に入《はい》ると、忘《わす》れてしまうが、あたしたち生《い》きている人間《にんげん》に必要《ひつよう》なのは、まずは、おいしい朝《あさ》ご飯《はん》だ。そうだろ？」

「うん！」

36 リングの「目《め》」

「さて」

そういって、バーバがミレイちゃんに話《はな》しはじめたのは、太陽《たいよう》が山《やま》の向《む》こうに姿《すがた》を隠《かく》して、夕方《ゆうがた》から夜《よる》に少《すこ》しずつ向《む》かいはじめる頃《ころ》でした。

「そろそろ涼《すず》しくなってきた。一つ、ミレイちゃんに手伝《てつだ》ってもらいたいことがある」

「なにかしら、バーバ」

「リングを散歩《さんぽ》に連《つ》れていくことだ。いまは暑《あつ》い季節《きせつ》だから、涼《すず》しい時間《じかん》を選《えら》んで、連《つ》れていかなくちゃならない。朝《あさ》は5時《じ》少《すこ》し過《す》ぎた頃《ころ》に出《で》かける。それから、夕方《ゆうがた》、涼《すず》しくなってからもね。できれば、夜《よる》、ご飯《はん》を食《た》べてからも行《い》きたいところだ。雨《あめ》の日《ひ》でなければ、少《すく》なくとも二回《かい》は出《で》かけるんだよ」

「ねえ、バーバ」

「なんだい？」

「リングは目《め》が見《み》えないのでしょう。お散歩《さんぽ》なんかして、大丈夫《だいじょうぶ》なの？」

ミレイちゃんがこういうと、バーバは、ほんとうにおかしそうに笑《わら》いながら、こういいました。

「リングは目《め》が見《み》えないが、目《め》が見《み》えるあたしたち人間《にんげん》の何《なん》十倍《ばい》も『見《み》える』んだ」

「ほんとう？」

「そうだよ。犬《いぬ》も猫《ねこ》も鳥《とり》も、あたしたちよりはるかによく『見《み》る』ことも『聞《き》く』こともできるんだ。なに、すぐわかることだ。ほら、リングを見《み》てごらん。散歩《さんぽ》に行《い》くことを察《さっ》して、あんなにそわそわしてる」

バーバのいうとおり、リングは、バーバやミレイちゃんの周《まわ》りを、何度《なんど》もぐるぐる回《まわ》っています。

「リードにはつないだし、エチケット袋《ぶくろ》も、のどがかわいたときのために水筒《すいとう》も持《も》った。まあ、ほんとうのところ、リングはリードや袋《ふくろ》なんかなくても平気《へいき》なんだが、『決《き》まり』は守《まも》らなきゃならないからね。さあ、行《い》くとするかね」

「うん！」

リングは、待《ま》ちきれなかったみたいに、ぐいぐい歩《ある》きだしました。バーバが握《にぎ》ったリードはぴんと張《は》って、まるでリングがバーバを引《ひ》っ張《ぱ》ってゆくようです。「館《やかた》」の外《そと》へ出《で》ました。周《まわ》りの樹《き》も、足《あし》もとも、しっとりと湿《しめ》っているようです。

「さっき、少《すこ》しだけ雨《あめ》が降《ふ》ったんだ。うまい具合《ぐあい》に、樹《き》や土《つち》や道《みち》の熱《ねつ》を冷《さ》ましてくれている。リングにとっても、あたしたちにとっても好都合《こうつごう》ってわけだ」

バーバのいうとおりです。目《め》が見《み》えないなんて信《しん》じられないくらい素早《すばや》い動《うご》きで、リングは「前《まえ》」へ「前《まえ》」へと進《すす》んでゆきます。でも、ただ進《すす》んでゆくのではありません。途中《とちゅう》で、何度《なんど》も、草《くさ》むらに入《はい》っては匂《にお》いをかぎ、また、別《べつ》の植《う》えこみに鼻《はな》からもぐりこんでゆくのです。

「なにをしているか、わかるかい?」

「匂《にお》いをかいでいるのでしょう?」

「ちがう。あれは、『見《み》ている』んだよ」

37 もう一枚《まい》の地図《ちず》

リングは、また草《くさ》むらの中《なか》に入《はい》りました。なにかの匂《にお》いを真剣《しんけん》にかいでいます。そして、ときどき、どこかを眺《なが》めているようにじっと上《うえ》を向《む》きます。目《め》が見《み》えないはずなのに。

ミレイちゃんは、横《よこ》に並《なら》んで、そっとリングの背中《せなか》をなでました。草《くさ》の露《つゆ》で、リングの毛《け》が少《すこ》しぬれています。

「犬《いぬ》たちは、匂《にお》いでなんでもわかる。百メートル先《さき》にたばこの吸《す》いがらが落《お》ちていることも、そのまた百メートル先《さき》で子《こ》どもが座《すわ》ってアイスクリームを舐《な》めていることも。匂《にお》いだけじゃない。耳《みみ》だって、あたしたちの何倍《なんばい》もよく聞《き》こえる。風《かぜ》にのってくる音《おと》を聞《き》き分《わ》けて、一キロ先《さき》をトラックが走《はし》っていることだってわかる。だから、あたしたちは、こうやって見《み》えるところしか見《み》えないけれど、リングは、目《め》が見《み》えなくても、

あたしたちには見《み》えないところのものだって『見《み》える』のさ」

リングがゆっくり歩《ある》きはじめます。バーバとミレイちゃんは、リングのあとをついてゆきます。石畳《いしだたみ》の歩道《ほどう》を過《す》ぎ、樹《き》や草《くさ》が少《すく》なくなると、海《うみ》の匂《にお》いが強《つよ》くなってきました。

夕方《ゆうがた》の最後《さいご》の日《ひ》の光《ひかり》が、雲《くも》のはじっこを、オレンジ色《いろ》に輝《かがや》かせています。

空《あ》き地《ち》の前《まえ》で、突然《とつぜん》、リングが止《と》まりました。そして、そのまま、じっと空《あ》き地《ち》を眺《なが》めています。いえ、眺《なが》めているように見《み》えるだけなのでしたね。

「リングは、ここに来《く》ると、いつもしばらく止《と》まっているんだ。リングだけじゃない。このあたりの犬《いぬ》たちは、たいてい、ここで止《と》まって、この空《あ》き地《ち》を眺《なが》めるんだよ」

「どうして？」

「あたしにもわからない。もうずいぶん長《なが》い間《あいだ》、ここは空《あ》き地《ち》なんだ。確《たし》か、横浜《よこはま》で貿易商《ぼうえきしょう》をやっていた人《ひと》が住《す》んでいたはずだが、仕事《しごと》に失敗《しっぱい》して夜逃《よに》げ同然《どうぜん》でいなくなった。いろんなうわさがあるが、ほんとうはどうだったのかは、だれも知《し》らない。わかっているのは、犬《いぬ》たちが、ここの前《まえ》に来《く》ると、じっと眺《なが》めることだけなんだよ」

「不思議《ふしぎ》ね」

「そうだね。こうやって、リングを連《つ》れて歩《ある》いていると、そんな場所《ばしょ》がたくさんある。

じっと見《み》つめていたり、小《ちい》さい声《こえ》で鳴《な》いてみたり、ときにはこわがったりね。あたしたちが眺《なが》めても、なにもないところでも。もしかしたら、犬《いぬ》たちは、あたしたちの地《ち》図《ず》とはちがう地《ち》図《ず》を持っているのかもしれない。そして、その地《ち》図《ず》には、あたしたちには想像《そうぞう》もできないものが描《か》きこまれているのかもしれないね」

素敵《すてき》！　ミレイちゃんは思《おも》わず、口《くち》に出《だ》していいそうになりました。犬《いぬ》たちに、犬《いぬ》たちだけの地《ち》図《ず》があるなら、猫《ねこ》たちの地《ち》図《ず》、鳥《とり》たちの地《ち》図《ず》、ミミズやセミたちの地《ち》図《ず》だってあるのかもしれません。

気《き》がつくと、リングはミレイちゃんを見上《みあ》げています。

「リング。リングには、わたしがどんなふうに『見《み》える』の？」

38 犬《いぬ》たちの丘《おか》

リングが、バーバを引《ひ》っ張《ぱ》るように先《さき》に進《すす》んでゆきます。そして、そのあとをゆっくり、ミレイちゃんが進《すす》んでゆきました。

さっきまで山《やま》の中《なか》にいたはずなのに、いまは、家《いえ》や道路《どうろ》の標識《ひょうしき》やコンビニの間《あいだ》から、ちらちらと海《うみ》が見《み》えます。

「もうすぐ、目的地《もくてきち》だ」

リングは、もう、ほとんど駆《か》け出《だ》しそうな勢《いきお》いで、小《ちい》さな丘《おか》をのぼってゆきました。むせかえるような潮《しお》の、いえ、海《うみ》の匂《にお》いがミレイちゃんたちを包《つつ》みます。

「着《つ》いた」

バーバがいいました。でも、バーバにいわれなくとも、ミレイちゃんにだってわかります。だって、リングが前《まえ》へ進《すす》むのをやめたからです。

「急《きゅう》に黙《だま》りこんで、どうかしたのかい？」

どうかしたわけではありません。ミレイちゃんは、ただ驚《おどろ》いていたのです。ミレイちゃんたちがいるのは、海《うみ》を見渡《みわた》せる丘《おか》の頂上《ちょうじょう》でした。あたりには、どこまでもシロツメクサが広《ひろ》がっていました。小《ちい》さな白《しろ》い花《はな》のカケラを思《おも》いきりふりまいた、緑《みどり》の大《おお》きなじゅうたんの中《なか》に、半分沈《はんぶんしず》んだみたいになって、リングが伏《ふ》せています。

海《うみ》から風《かぜ》が吹《ふ》くたびに草《くさ》が揺《ゆ》れ、リングは見《み》えない目《め》を細《ほそ》めました。

太陽《たいよう》はすっかり地平線《ちへいせん》の向《む》こうに沈《しず》んでしまいました。けれども、空《そら》にはまだ、オレンジと紫《むらさき》が混《ま》じった明《あか》るみが残《のこ》っています。

でも、ミレイちゃんが驚《おどろ》いたのは、そのことではありません。丘《おか》にいるのは、ミレイちゃんたちだけではなかったのです。

ぼんやりと夕《ゆう》べの淡《あわ》い光《ひかり》に照《て》らされた丘《おか》のあちらこちらに、犬《いぬ》たちがいました。小《ちい》さな犬《いぬ》、大《おお》きな犬《いぬ》、複雑《ふくざつ》な模様《もよう》の犬《いぬ》、毛《け》の長《なが》い犬《いぬ》、ほとんど毛《け》のない犬《いぬ》も。そして、みんな、なにかを待《ま》っているみたいに、じっと伏《ふ》せていたのです。

そのうちの一匹《いっぴき》がゆっくりと顔《かお》を上《あ》げると、ミレイちゃんたちの方《ほう》に向《む》かって歩《ある》きはじめました。すると、それが合図《あいず》だったみたいに、また別《べつ》の一匹《いっぴき》が同《おな》じように、ミレイちゃんたちの方《ほう》に向《む》かってきます。それから、また別《べつ》の一匹《ぴき》が。

「こんばんは」犬《いぬ》を連《つ》れた人《ひと》がいいました。

「こんばんは」バーバが答《こた》えます。すると、また別《べつ》の人《ひと》が、

「こんばんは」

そして、バーバが、また、

「こんばんは」

「こんばんは」

「こんばんは」

「こんばんは」

「こんばんは」

気《き》がつくと、ミレイちゃんは、犬《いぬ》たちに囲《かこ》まれていたのです。いえ、もちろん、犬《いぬ》を連《つ》れた人《ひと》たちにも、だったのですが。

39 「なにもしない」をする

まだ空《そら》に明《あか》るさは残《のこ》っています。海《うみ》からひんやりした風《かぜ》が吹《ふ》いて、昼《ひる》の暑《あつ》さはすっかり和《やわ》らぎました。

気《き》がつくと、丘《おか》の頂上《ちょうじょう》には、犬《いぬ》と犬《いぬ》を連《つ》れた人《ひと》たちが静《しず》かに集《あつ》まっていました。犬《いぬ》たちは、みんな草《くさ》の上《うえ》に伏《ふ》せて、思《おも》い思《おも》いの方向《ほうこう》を黙《だま》って眺《なが》めています。もしかしたら、犬《いぬ》たちだけにわかる匂《にお》いを感《かん》じ、音《おと》に耳《みみ》を澄《す》ませていたのでしょうか。

人《ひと》と犬《いぬ》が信頼《しんらい》しあって、静《しず》かに動《うご》かずにいる様子《ようす》は、なんだか一枚《まい》の絵《え》みたいでした。

遠《とお》くから、セミの声《こえ》が響《ひび》いてきます。それが、一つの種類《しゅるい》ではなく、何種類《なんしゅるい》ものセミの声《こえ》が混《ま》じっていることが、ミレイちゃんにもわかるようになりました。ミーンミーン。ジージージー。ジッジッ。

吹《ふ》いてきた風《かぜ》が、丘《おか》の上《うえ》にいるミレイちゃんの耳《みみ》もとで音《おと》を立《た》てます。ああ、素敵《すてき》。音楽《おんがく》を聞《き》いてるみたい。

その瞬間《しゅんかん》、ミレイちゃんは、こう思《おも》ったのでした。

わたし、この日《ひ》の、このときのことをずっと覚《おぼ》えてる。きっと。いいえ、絶対《ぜったい》に。

ミレイちゃんは、時間《じかん》が止《と》まっているような気《き》がしました。いや、もしかしたら、時間《じかん》を止《と》めてしまったのかもしれません。

ところで。みなさんも、忙《いそが》しいときがありますね。しょっちゅう？　いつも？

いつもは、学校《がっこう》に行《い》かなきゃならないし、宿題《しゅくだい》もやらなきゃならない。せっかくの夏休《なつやす》みだって、スケジュールはいっぱい。そもそも、ゆっくりできるはずの日曜日《にちようび》だって、アニメや子《こ》ども向《む》けの番組《ばんぐみ》は、朝早《あさはや》くからやってるので、寝坊《ねぼう》はできませんよね。友《とも》だちと遊《あそ》ぶ、マンガを見《み》て遊《あそ》ぶ、遊園地《ゆうえんち》に行《い》って遊《あそ》ぶ。そんな予定《よてい》がびっしり。

だとしたら、なんだか、遊《あそ》ぶ、っていうより、仕事《しごと》みたいです。そういえば、おとうさんもおかあさんも忙《いそが》しい。仕事《しごと》やらなにやらで。

わたしの役目《やくめ》は、お話《はなし》を進《すす》めることですが、ときどき、イヤになることがあります。お話《はなし》を進《すす》めるのがイヤなんじゃなくて、忙《いそが》しくて、仕事《しごと》みたいになっちゃうことが。

だったら、たまには、なにもかもやめちゃう、っていうのは、どうでしょう。

ベッドにバタリと倒《たお》れこんで、ずっと3時間《じかん》ぐらい天井《てんじょう》を見《み》ているとか。一生懸命《いっしょうけんめい》本《ほん》を読《よ》んでいて（それはもう、たいへんいいことですが）、それにも疲《つか》れて、本《ほん》の頁《ページ》を開《あ》けたまま、あごを机《つくえ》の上《うえ》において、ボーッとしてみる、とか。そういう、「なにもしない」をしてみる。それも悪《わる》くはないと思《おも》います。

「なにもしない」をしていると、どうなるか。心臓《しんぞう》がトクトク打《う》っているのがわかります。ゆっくり息《いき》をはいたり吸《す》ったりしているのも。そう、いま自分《じぶん》がそこにいて、そのからだが生《い》きていることがわかるのです。

だから、たまには、いまのミレイちゃんたちみたいに、「なにもしない」をしてみるのも、いいかもしれませんね。

40 犬《いぬ》たちの「名前《なまえ》」

どのくらいの時間《じかん》がたったでしょうか。1分《ぷん》か2分《ふん》だったかもしれません。もしかしたら、もう少《すこ》しだったかも。

丘《おか》の上《うえ》に集《あつ》まった犬《いぬ》たちと人《ひと》たちの中《なか》から、バーバよりもたぶんもう少《すこ》し年《とし》をとった、そして、小《ちい》さくて、白《しろ》っぽくて、耳《みみ》だけが茶色《ちゃいろ》の犬《いぬ》を連《つ》れたおばあさんが、ミレイちゃんに話《はな》しかけました。

「おやおや、知《し》らない顔《かお》だわ。お名前《なまえ》は？」

「ミレイです」

「とても素敵《すてき》な名前《なまえ》ね。それに、とても可愛《かわい》いお嬢《じょう》ちゃんだこと」

「ありがとうございます」

「その子《こ》の名前《なまえ》はアーダ」

そういったのは、バーバでした。

「アーダはスペイン語《ご》で『妖精《ようせい》』っていう意味《いみ》だ。この子《こ》を飼《か》っていたのは、スペイン語《ご》の先生《せんせい》を長《なが》くやっていた人《ひと》とその奥《おく》さんだった。ふたりとも、とてもとても年《とし》をとっていた。その人《ひと》たちは、いつも、『だれも里親《さとおや》にもなってくれないような老犬《ろうけん》』を引《ひ》き取《と》って飼《か》っていたんだ。でも、その夫婦《ふうふ》は自分《じぶん》たちで思《おも》っていたより早《はや》く、からだが動《うご》かなくなってしまった。散歩《さんぽ》に連《つ》れてゆくこともできなくなった夫婦《ふうふ》は、ふたりで介護《かいご》付《つ》きのマンションに入《はい》ったが、すぐに亡《な》くなってしまったんだ」

アーダをなでながら、そのおばあさんはいいました。

「その人《ひと》たちに頼《たの》まれてわたしが預《あず》かることになったのよ。その前《まえ》の飼《か》い主《ぬし》は、やはり年《とし》とった独《ひと》り暮《ぐ》らしの人《ひと》で、気《き》がついたら、朝亡《あさな》くなっていらした。アーダは、いままで年寄《としよ》りにしか飼《か》われたことがないの。だから、なんでも、ものすごくゆっくり」

すると、秋田犬《あきたけん》に似《に》たとても大《おお》きな犬《いぬ》のリードを引《ひ》いたおじさんが、こういいました。

「この犬《いぬ》の名前《なまえ》は『ジャッジャ』。ロマという、いろいろなところを移動《いどう》して暮《く》らす人《ひと》たちのことばで『行《い》こう』っていう意味《いみ》だそうです。ジャッジャは、外国《がいこく》から働《はたら》きに来《き》たたくさんの人《ひと》たちが寝泊《ねと》まりする寮《りょう》にいました。その寮《りょう》でみんなの世話《せわ》をするおばあさんが飼《か》っていたんです。もしかしたら、おばあさんはロマの人《ひと》だったのかもしれませんね。おばあさんはいい人《ひと》だったけれど、あまりに忙《いそが》しくて、ジャッジャを散歩《さんぽ》に連《つ》れてゆくこともできませんでした。そして、ある日《ひ》、そのおばあさんは黙《だま》って寮《りょう》からいなくなりました。たぶん、仕事《しごと》がつらすぎたんだと思《おも》います。おばあさんの後《あと》、みんなの世話《せわ》をする役《やく》の人《ひと》は来《き》ませんでした。ジャッジャは、そのまま寮《りょう》に残《のこ》りましたが、彼《かれ》の世話《せわ》をする人《ひと》はいません。気《き》づいた人《ひと》が、たまにジャッジャにご飯《はん》をあげました。ジャッジャは何年《なんねん》も寮《りょう》の裏《うら》につながれっぱなしでした。だから、わたしのところに来《き》たときには、百メートルも歩《ある》けなかったのです」

ひざまずいて、ジャッジャの首《くび》をなでていたミレイちゃんは、胸《むね》が苦《くる》しくなって、バーバを見上《みあ》げました。

「ここに来《く》るのは、たいてい保護犬《ほごけん》なんだ」

バーバがいいました。

41　たどり着《つ》いた場所《ばしょ》

ミレイちゃんは犬《いぬ》たちに囲《かこ》まれていました。そして、その犬《いぬ》たちを守《まも》るように、その周《まわ》りで、人《ひと》たちが静《しず》かに立《た》っていたのです。

「ミレイちゃんは、動物《どうぶつ》を飼《か》ったことがあるかい？」バーバはいいました。

ミレイちゃんは首《くび》を横《よこ》にふりました。

「飼《か》いたかったけど、おうちはそんなに大《おお》きくなかったし、おとうさんもおかあさんも忙《いそが》しかったから」

「いろんなところで、いろんな人《ひと》が、犬《いぬ》や猫《ねこ》を飼《か》っている。たいていは、ペットショップで買《か》うものだ。血統書《けっとうしょ》がついたもの、見《み》た目《め》が可愛《かわい》いもの、いま流行《はや》っているものをね。そして、そういうところで売《う》れるのは、みんな、子犬《こいぬ》や子猫《こねこ》なんだ。そんなペットは可愛《かわい》がられて、ときには服《ふく》を着《き》せられたり、人間《にんげん》でもなかなか食《た》べられない

高級《こうきゅう》なものを食《た》べさせてもらう。けっこうなことだ。でも、そうじゃないペットもたくさんいる。リングが生《う》まれてすぐ、捨《す》てられたことは話《はな》したね。捨《す》てられたり、いろんな理由《りゆう》で、飼《か》い主《ぬし》のところにいられなかったペットだ。そんな子《こ》たちは、どうなるか、知《し》っているかい？」

ミレイちゃんは、思《おも》わずビーちゃんをギュッと強《つよ》く抱《だ》きしめました。

詳《くわ》しいことは知《し》らなくても、なんとなく、捨《す》てられたり、飼《か》い主《ぬし》をなくしたペットがどうなるかなら知《し》っています。

「保健所《ほけんじょ》に集《あつ》められて……」

そこまでいって、ミレイちゃんは黙《だま》ってしまいました。

「そうだ。引《ひ》き取《と》る人《ひと》が現《あらわ》れなければ、殺《ころ》されてしまう。残念《ざんねん》なことだがね。ここにいるのは、そんな犬《いぬ》たちを引《ひ》き取《と》って育《そだ》てている人《ひと》たちばかりだ」

でっぷりしたおなかで、ショートパンツをはき、サングラスをかけたこわそうなおじさんが、でも、とてもやさしい声《こえ》でいいました。

「この子《こ》は、柴犬《しばいぬ》の雑種《ざっしゅ》で、イグルーといいます。イヌイットという、北《きた》の国《くに》で暮《く》らす人《ひと》たちのことばで『守《まも》ってくれる家《いえ》』という意味《いみ》です。この子《こ》は、家《いえ》に赤《あか》ちゃんが生《う》まれることになって、そのおかあさんになる人《ひと》は飼《か》っていたかったのですが、ほかの家族《かぞく》がみんな、赤《あか》ちゃんに害《がい》があるかもしれないというので、家《いえ》を追《お》い出《だ》されたのです」

するとこ今度《こんど》は、隣《となり》にいた、ものすごくやせていて、長《なが》いスカートのすそが地面《じめん》につきそうなおばさんが、つぶやくみたいにちっちゃな声《こえ》でいいました。

「わたしの大切《たいせつ》な、このお嬢《じょう》さんは……ほんとうは、おばあちゃんだけど……名前《なまえ》はマインマック。オーストラリアに昔《むかし》から住《す》んでいた人《ひと》たちのことばで、『素敵《すてき》！』という意味《いみ》。この子《こ》が見《み》つかったとき、犬《いぬ》だとわからなかったの。伸《の》びた毛《け》に、うんちやオシッコや泥《どろ》が混《ま》じって、まるで毛《け》の塊《かたまり》が歩《ある》いているみたいだった。何時間《なんじかん》もかけて、ていねいに洗《あら》って、やっと、元《もと》の毛《け》の塊《かたまり》の半分《はんぶん》しかないマルチーズだってわかったのよ」

42　友《とも》だち

気持《きも》ちのいい風《かぜ》がミレイちゃんの頬《ほお》をなでてゆきました。もう、夕方《ゆうがた》は終《お》わり、夜《よる》が始《はじ》まろうとしています。

伏《ふ》せていたダルメシアンが一匹《ぴき》、ゆっくり顔《かお》を上《あ》げると、そのまますべるようにリングに近《ちか》づき、その横《よこ》にぴたりと並《なら》んで伏《ふ》せました。

バーバは、二匹《ひき》の犬《いぬ》たちの首《くび》のあたりをそっとなでながらいいました。

「この子《こ》が、リングのいちばんの友《とも》だちの『ヒンナ』だ」

すると、「ヒンナ」のリードを握《にぎ》っていた、ミレイちゃんのおかあさんと同《おな》い年《どし》くらいのジーンズをはいた女《おんな》の人《ひと》が、ミレイちゃんに向《む》かっていいました。

「ヒンナが、いつ、どこから来《き》たのか、だれも知《し》りません。気《き》がついたときには、もう、いたのです。ヒンナは、鎌倉《かまくら》のいろんなところに現《あらわ》れました。ヒンナのからだに

は、ヤケドの痕《あと》がいくつもあります。火《ひ》で焼《や》かれたのでしょうか、それとも、なにか薬《くすり》みたいなものをかけられたのでしょうか。かまれた痕《あと》もあります。狭《せま》い場所《ばしょ》に、たくさんの犬《いぬ》たちと押《お》しこめられていたことがあるのかもしれません。そういうとき、弱《よわ》い犬《いぬ》は、エサを食《た》べることもできず、強《つよ》い犬《いぬ》にかまれるままなんです。ヒンナの右《みぎ》の後《うし》ろ足《あし》は、折《お》れてそのまくっついたので曲《ま》がっています。耳《みみ》もほとんど聞《き》こえません。人《ひと》をこわがるので、なかなかつかまえることができませんでした。ミレイちゃんは、『譲渡会《じょうとかい》』って、知《し》っていますか？」

「知《し》りません」

ミレイちゃんは正直《しょうじき》に答《こた》えました。

「飼《か》い主《ぬし》に捨《す》てられたり、保健所《ほけんじょ》がつかまえたりして、行《い》くところがなくなった動物《どうぶつ》たちの里親《さとおや》を見《み》つける会《かい》です。そこで、わたしは、ヒンナに会《あ》いました。ヒンナはおびえて、おりのすみにうずくまり、人《ひと》が近《ちか》づくと、ほえていました。係《かかり》の人《ひと》も困《こま》っていました。ほかの犬《いぬ》や猫《ねこ》はもらわれてゆくのに、ヒンナには近《ちか》づくこともできないんですから。でも、わたしは、どうしてもヒンナを飼《か》いたいと思《おも》いました」

「どうして？」ミレイちゃんは聞《き》きました。

「ヒンナが、わたしに似《に》ているような気《き》がしたからです。つらい目《め》にあうと、人間《にんげん》も心《こころ》を閉《と》ざします。でも、ほんとうは、だれよりも、話《はな》しかけられたり、優《やさ》しくされたりしたいんですよね。わたしは、ヒンナを引《ひ》き取《と》りました。最初《さいしょ》は、散歩《さんぽ》に行《い》くのもこわがったんです。人《ひと》も犬《いぬ》も、みんなこわかったから」

「実《じつ》は、リングはこの子《こ》にかまれたことがあるんだ」バーバはいいました。

「はい。散歩《さんぽ》に連《つ》れ出《だ》した頃《ころ》です。リング、ほんとうにごめんね。ほかの犬《いぬ》との接《せっ》し方《かた》がわからないヒンナは、通《とお》りすぎるとき、リングにいきなりかみつきました。でも、リングは怒《おこ》らなかった。この子《こ》がおびえて、わけがわからなくてやったことだって、知《し》っていたのね。それから、やっと、ヒンナは、この世界《せかい》には敵《てき》だけではなく、友《とも》だちもいるということがわかったんです」

43 いただきます

ゆっくりと、ゆっくりと時間《じかん》が流《なが》れてゆきます。気《き》がつくと、空《そら》に明《あか》るい星《ほし》が見《み》えはじめています。海《うみ》からのさわやかな風《かぜ》は、こもった地上《ちじょう》の熱《ねつ》をきれいに消《け》し去《さ》り、きっと、今夜《こんや》は過《す》ごしやすい夜《よる》になるでしょう。

ヒンナの飼《か》い主《ぬし》の女《おんな》の人《ひと》は、その、おとなしい犬《いぬ》の背中《せなか》をなでながら、いいました。

「いつの間《ま》にか、ヒンナは、だれよりもおだやかで、でも、だれよりも甘《あま》えん坊《ぼう》の犬《いぬ》になっていました。きっと、ほんとうは、そういう犬《いぬ》だったんですね。いつもは、おとなしくって、ほえたり、うなったりもしません。でも、ちょっとでも散歩《さんぽ》に行《い》くそぶりを見《み》せると、落《お》ち着《つ》かなくなるんです。がまんして、がまんして、からだがプルプル震《ふる》えるぐらい、がまんして。あんまりおかしいから、すぐに連《つ》れてゆきたくなります。外《そと》に出《で》ても、ほんとうは走《はし》りだしたいのに、がまんします。走《はし》りだしたいのは、

早《はや》く、友《とも》だちに会《あ》いたいから。もちろん、いちばん会《あ》いたいのは、リングなんですけれど」

耳《みみ》がほとんど聞《き》こえない犬《いぬ》と、目《め》の見《み》えない犬《いぬ》は、並《なら》んだまま、ときどき、お互《たが》いのからだを、いとおしむようになめています。

もしかしたら、それが、犬《いぬ》たちが交《か》わす会話《かいわ》なのかもしれません。

ミレイちゃんは、なんだか嬉《うれ》しくなりました。自分《じぶん》が大切《たいせつ》にしているなにかが、別《べっ》のなにかを大切《たいせつ》にしているのを見《み》るのは、とても嬉《うれ》しいことですからね。

「そうそう、一つ、忘《わす》れていることがありました」女《おんな》の人《ひと》はいいました。

「ヒンナは、最初《さいしょ》のうち、人《ひと》に慣《な》れなかった、っていいましたね。でも、食《た》べるのは大好《だいす》きだったんです。だから、『食《た》べなさい』とか『めしあがれ』とわたしがいうと、そのときだけは、喜《よろこ》びました。だから、わたしは『ヒンナ』という名前《なまえ》をつけてあげることにしたんです。『ヒンナ』というのは、アイヌの人《ひと》たちのことばで『いただきます』なんです」

「とても、いい名前《なまえ》ですね」

「ありがとう」

そのときでした。バーバが、みんなに向《む》かっていいました。

「さて、みなさん。そろそろ、帰《かえ》り支度《じたく》をしましょうか。いい時間《じかん》になりました」

まるでバーバのことばが合図《あいず》だったみたいに、犬《いぬ》たちは静《しず》かにからだを起《お》こすと、思《おも》い思《おも》いの方向《ほうこう》に歩《ある》きだしました。

「ミレイちゃん」だれかがいいました。

「また、会《あ》いましょう」

「リングと一緒《いっしょ》にね」また別《べつ》のだれかがいいました。

「はい、もちろん！」

最後《さいご》に丘《おか》を下《お》りたのはミレイちゃんたちでした。ミレイちゃんは、なにかがいいたくて仕方《しかた》ありません。でも、なにをいっていいのかわかりません。

「バーバ」

「なんだい？」

「ありがとう」

「どういたしまして」

44 行《い》きと帰《かえ》り

もうすっかり暗《くら》くなった道《みち》を、リングは歩《ある》いています。どこになにがあるのか、見《み》えないはずなのに、「館《やかた》」に向《む》かってまっすぐ、リングは進《すす》んでゆきました。まるで、リングがわたしたちの道案内《みちあんない》をしてくれるみたいね。

ミレイちゃんの胸《むね》の中《なか》は、いままで感《かん》じたことのないなにかでいっぱいでした。でも、それをどんなことばにしたらいいのか、わかりません。

「バーバ……」

「なんだい？」

「わたし、なんだか不思議《ふしぎ》な気《き》がする」

「どんなふうに？」

「さっき、この道《みち》を歩《ある》いてきたときと、いろんなものがちがってる感《かん》じがするの」

「ミレイちゃん」

「はい」

「それは、とてもいいことだ。最初《さいしょ》にこの道《みち》をリングを連《つ》れて歩《ある》いたとき、それは、おまえにとって、ただの『犬《いぬ》を連《つ》れた散歩《さんぽ》』だった。そして、たいていは、帰《かえ》りも同《おな》じ『犬《いぬ》を連《つ》れた散歩《さんぽ》』のままなんだ。なぜかっていうと、人《ひと》はただ歩《ある》くだけで、なにも見《み》てはいないからだ。だが、おまえは、きちんと見《み》て、学《まな》ぶことができた。だから、『行《い》き』とは、もうちがう人間《にんげん》になったんだよ」

「バーバ。わたし、なにかを勉強《べんきょう》したの？」

「あたしたちは、本《ほん》や先生《せんせい》からだけ学《まな》ぶんじゃない。どうしてかっていうとね」

そういうと、バーバは、やさしくほほえんで、こういいました。

「あたしたちが生《い》きているこの世界《せかい》そのものが、一冊《さつ》の、とびきり大《おお》きい本《ほん》で、しかも、どの頁《ページ》をめくってもかまわないんだ」

「すごい！」

「ヤヤも……おまえのかあさんもそうだった。あの、大《おお》きな目《め》で、なんでも、不思議《ふしぎ》そうに見《み》つめていた。一緒《いっしょ》に歩《ある》いていても、すぐにいなくなる。アリの行列《ぎょうれつ》を見《み》つけると、巣《す》があるところまで追《お》いかけていって、ずっと眺《なが》めている。夜《よる》、寝《ね》ているはずなのに、ベッドが空《から》なので、館中《やかたじゅう》、探《さが》したら、屋根《やね》の上《うえ》に寝《ね》そべってずっと星《ほし》を見《み》ていたこともある。小学生《しょうがくせい》のときも、授業中《じゅぎょうちゅう》、窓《まど》の外《そと》の空《そら》に浮《う》かぶ雲《くも》ばかりずっと見《み》ていて、先生《せんせい》に怒《おこ》られた。そしたら、こういったのさ。『先生《せんせい》の授業《じゅぎょう》がつまらない』って」

「おかあさんたら……」

「ヤヤは、小《ちい》さい頃《ころ》から、自由《じゆう》な子《こ》だった。大《おお》バーバやあたしとちがってね」

「バーバもなの？」

「ああ、そうだ。ほんとうにやりたいことやほんとうにいいたいことがあっても、あと一歩《いっぽ》が踏《ふ》み出《だ》せなかった。ヤヤの子《こ》どもだから、おまえもきっと自由《じゆう》なんだね」

バーバはそういうと、ミレイちゃんの頬《ほお》をそっとなでました。

「もうすぐ『館《やかた》』だ。帰《かえ》ったら、晩《ばん》ごはんを作《つく》らなきゃね。手伝《てつだ》ってくれるかい、ミレイちゃん」

「はい！」

45 セミ

こんにちは。みなさん、お元気《げんき》ですか？

さっき外《そと》へ出《で》たら、玄関《げんかん》の外《そと》に、小《ちい》さなセミのからだが転《ころ》がっていました。周《まわ》りからは、無数《むすう》のセミたちの声《こえ》が、やかましいほどに聞《き》こえてきます。けれども、あのセミが鳴《な》くことは、もうありません。

昨日《きのう》の夜《よる》には見《み》あたらなかったので、きっと、朝《あさ》になってから、つかまっていたどこかの樹《き》から落《お》ちてきたんですね。

セミたちは、何年《なんねん》も土《つち》の中《なか》で暮《く》らし、夏《なつ》に成虫《せいちゅう》になると、その夏《なつ》の間《あいだ》に死《し》んでゆきます。暗《くら》い土《つち》の中《なか》と、光《ひか》り輝《かがや》く夏《なつ》しか知《し》らない生《い》きものです。

最後《さいご》に、樹《き》から転《ころ》がり落《お》ちたとき、あのセミは、なにを見《み》ていたんでしょうか。それから、なにを考《かんが》えていたんでしょう。

長《なが》くて、そしてだれとも会《あ》えなかった、さびしい土《つち》の中《なか》での暮《く》らしだったのでしょうか。地上《ちじょう》にはい出《だ》して見《み》たまぶしい夏《なつ》の光《ひかり》や、たくさんの友《とも》だちと一緒《いっしょ》に歌《うた》っていたことだったのでしょうか。それとも、成虫《せいちゅう》になるずっとずっと前《まえ》に死《し》んでしまった、おとうさんやおかあさんのことだったのでしょうか。

もちろん、セミは人間《にんげん》のようには感《かん》じたり、考《かんが》えたりはしないでしょう。でも、そうなのかな。わたしには、わかりません。

最後《さいご》に、楽《たの》しかったなあ、生《い》きて良《よ》かったなあと思《おも》ってくれたのなら、いいな。何週間《なんしゅうかん》か前《まえ》、そのセミが懸命《けんめい》に前足《まえあし》で掘《ほ》って出《で》てきただろう、その場所《ばしょ》あたりにうめてあげようと思《おも》います。

さて、みなさん。ここまで読《よ》んでくれて、ありがとう。このお話《はなし》も、ちょうど真《ま》ん中《なか》あたりにたどり着《つ》きました。それは、もう、みなさんのおかげです。ほんとうに。ミレイちゃんやビーちゃん、バーバやリングやミレイちゃんのおとうさんやおかあさん、みんなのことを好《す》きになってもらえているなら、こんなに嬉《うれ》しいことはありません。

このお話《はなし》は、みなさんが夏休《なつやす》みの間《あいだ》、つづきます（終《お》わってからもちょっと）。

わたしは、人生《じんせい》でいちばん素晴《すば》らしいのは、夏休《なつやす》みだと思《おも》っています。みなさんの、大切《たいせつ》で、光《ひかり》にあふれた、楽《たの》しい夏休《なつやす》みの思《おも》い出《で》の中《なか》に、このお話《はなし》も残《のこ》るとしたら、それ以上《いじょう》、嬉《うれ》しいことはありません。

ところで……はい。わかってます。最初《さいしょ》の方《ほう》で予告《よこく》した、いろんな、不思議《ふしぎ》なできごとはどうなっちゃったのか。心配《しんぱい》している子《こ》もいるかもしれません。

大丈夫《だいじょうぶ》。いちばん大切《たいせつ》なことは、だいたい、後《あと》の方《ほう》で起《お》きるものなんです。すべての準備《じゅんび》が終《お》わってから。

いまは、ミレイちゃんと一緒《いっしょ》に、「それ」が、少《すこ》しずつ近《ちか》づいてくるのを、ドキドキしながら待《ま》っていてください。もう、「それ」は、ほんとうにすぐそばまで近《ちか》づいているのですから。

ほら。聞《き》こえてくるでしょう。ミレイちゃんが、ビーちゃんになにかしゃべっているのが。

46 みじん切《ぎ》りのための音楽《おんがく》

夜《よる》になりました。

ミレイちゃんが、バタリとベッドに倒《たお》れこむと、やわらかいクッションが、ミレイちゃんの、心地《ここち》よいつかれでしんなりしたからだを支《ささ》えてくれます。

「ああ、楽《たの》しかった」

ミレイちゃんは、ほんとうに心《こころ》の底《そこ》から、そう叫《さけ》びました。

リングを連《つ》れて散歩《さんぽ》したのも楽《たの》しかった。

それから、たくさんの犬《いぬ》たちを見《み》て、犬《いぬ》たちのお話《はなし》を聞《き》いたのも楽《たの》しかった。

バーバと手《て》をつないで、ゆっくり歩《ある》いて帰《かえ》ったのも楽《たの》しかった。

でも、それだけじゃありません。帰《かえ》って、ミレイちゃんは、夕《ゆう》ご飯《はん》の支度《したく》を手伝《てつだ》いました。それもまた、びっくりするぐらい楽《たの》しかったのです。

「さて」バーバはいいました。

「とりあえず、材料《ざいりょう》はそろってる。朝《あさ》、リングと散歩《さんぽ》したとき、市場《いちば》で買《か》ってきたものが。シシトウ、赤《あか》オクラ、カラフルピーマン、トマト、コリンキー、これは皮《かわ》ごと食《た》べられるカボチャなんだ。それに、ナス、ズッキーニ、大根《だいこん》、黄《き》ニンジン。どうしようかね」

「バーバは……レシピとか見《み》ないの？」

「そんなシャレたものは見《み》ないよ。あたしの料理《りょうり》は、いつも即興《そっきょう》なんだ。食《た》べたいもの、思《おも》いついたものを、そのとき作《つく》ってみる。味《あじ》もなにもかも。それだけさ。そうだね。紫《むらさき》キャベツがあるから、それで水《すい》ギョウザでも作《つく》ろうか。ミレイちゃんはみじん切《ぎ》りができるかい？」

「うん。おかあさんのお手伝《てつだ》いをすることがあるわ」

「じゃあ、切《き》っておくれ。あたしは、この、あまり苦《にが》くないアップルゴーヤーでイタリアンパスタでも作《つく》ることにしよう。一度《いちど》、作《つく》ってみたかったんだ」

ミレイちゃんは紫《むらさき》キャベツを洗《あら》うと、大《おお》きなまな板《いた》の上《うえ》でざくざく切《き》りはじめました。

「そうじゃないよ」バーバがいいました。

「トントントントトトントン、だ」

「それは、なに？」

「キャベツをうまくみじん切《ぎ》りにするための音楽《おんがく》さ。ただ切《き》るんじゃない。このリズムを口《くち》ずさみながら切《き》ってごらん」

「トントントントントトトントン？」

「そうそう」

すると、どうでしょう。いつもはなかなかうまくできないみじん切《ぎ》りも、なんだか調子《ちょうし》よくできるではありませんか。

「バーバ！　うまく切《き》れる！」

「みじん切《ぎ》りのための音楽《おんがく》、千切《せんぎ》りのための音楽《おんがく》、ゴマをすったり、大根《だいこん》をおろすための音楽《おんがく》もある。料理《りょうり》をするときには、鍋《なべ》もフライパンも、お皿《さら》にフォークも、なんだって、いい音《おと》がする。それだけじゃない。料理《りょうり》を作《つく》るときには、どんな形《かたち》や色《いろ》になるのかも考《かんが》えなきゃならない。さあ、手《て》を止《と》めないで。ここは、あたしたちのアトリエなんだから」

47 予《よ》感《かん》

「ねえ、ビーちゃん」

ミレイちゃんは、タオルケットを胸《むね》のあたりまでかけ、横《よこ》を向《む》いて寝《ね》ています。いや、まだ寝《ね》ていませんね。その格好《かっこう》のままで向《む》かい合《あ》い、横《よこ》になっているビーちゃんと話《はな》しているのでした。

「わたし、ぜんぜんねむくない」

「……そういってるときって、だいたいすぐにねむくなりますよね、ミレイちゃんは」

ミレイちゃんは頭《あたま》をビーちゃんにくっつけます。その方《ほう》が、小《ちい》さな声《こえ》でささやくことができるから。

「わたし、バーバが大好《だいす》き」

「ぼくもですよ！　どうしてでしょうか？」
「どうしてなんだろう……」
タオルケットからはお日《ひ》さまの匂《にお》いがしました。バーバが、きちんと日《ひ》に干《ほ》してお
いてくれたから。それに、枕《まくら》からは、ほんのりバラの淡《あわ》い香《かお》りもします。「館《やかた》」の庭《にわ》
に咲《さ》いていたバラの花《はな》びらを干《ほ》して、何《なん》か月《げつ》もかけて作《つく》ったエッセンスを水《みず》に溶《と》かし
て、ほんの少《すこ》しスプレーしてあるのだそうです。
「バーバは……おとうさんやおかあさんに似《に》てると思《おも》うの」
「……確《たし》かに……」
ミレイちゃんは、おとなには二通《とお》りの人《ひと》たちがいることを知《し》っています。
ふつうのおとなは、子《こ》どもに、あれこれいうのです。ああしなさい。これはダメ。
これがいいの。これを覚《おぼ》えて。そんな具合《ぐあい》に。そして、それをいうとき、たいていは
笑《わら》っていないか、顔《かお》は笑《わら》っていても、目《め》は笑《わら》っていないのです。
そうでないおとなもいます。おとうさんやおかあさんがそうです。そして、バーバ
も。
そういうおとなは、いないと思《おも》っても、実《じつ》はすぐ近《ちか》くにいてくれる。そして、じっ
と見《み》つめていてくれる。なにかが起《お》こったら、いつでも走《はし》って、駆《か》けつけるために。

やさしくて、いつもほほえみかけてくれる。でも、いちばん大切《たいせつ》なのは、そのことではありません。

「ビーちゃん。あのね、わたし、バーバと一緒《いっしょ》にいると、なんだか、自分《じぶん》がいい子《こ》になった気《き》がするの」

「ぼくも、ミレイちゃんといると、いいぬいぐるみになった気《き》がしますからねえ」

「一緒《いっしょ》にしないで！」

そういいながら、ミレイちゃんは、クスっと笑《わら》いました。そうです。一緒《いっしょ》にいるだけで、子《こ》どもに「自分《じぶん》はいい子《こ》なんだ」と思《おも》わせてくれるおとなが、いちばんなんじゃないでしょうか。

そのときでした。ミレイちゃんがこの「館《やかた》」に来《き》てから初《はじ》めて知《し》った、あの「不思《ふし》議《ぎ》な感《かん》じ」が、またやって来《き》たのです。

「ビーちゃん……わたしたちをなにかがじっと見《み》ているような気《き》がするの……バーバじゃないけれど、でも、ぜんぜんこわくない……ビーちゃんは……どう……」

答《こた》えはありません。ただ、ミレイちゃんのかすかな寝息《ねいき》が聞《き》こえるだけでした。

48 「なにか」が扉《とびら》を

世界《せかい》は深《ふか》いねむりについていました。あらゆる生《い》きものがねむりにつき、夢《ゆめ》の中《なか》をさまよう午前《ごぜん》3時《じ》。もう、外《そと》の風《かぜ》さえやんでいます。動《うご》くものはありません。

おや。あれはなんでしょう。

しんと静《しず》まりかえった「館《やかた》」の中《なか》で、あの、止《と》まっているはずの振《ふ》り子時計《こどけい》が時《とき》を打《う》つ音《おと》が、確《たし》かに聞《き》こえたような気《き》がします。

一つ、二つ、そして、三つ。

その音《おと》は、広《ひろ》い「館《やかた》」の中《なか》で不気味《ぶきみ》に響《ひび》き、広《ひろ》がり、やがて、消《き》えてゆきました。

時計《とけい》がカッチ、カッチと立《た》てる規則正《きそくただ》しい音《おと》もかすかに聞《き》こえてきます。この前《まえ》、その音《おと》が聞《き》こえたときには、ミレイちゃんたちが気《き》づきました。けれども、いまは、気《き》づくものはどこにもいません。

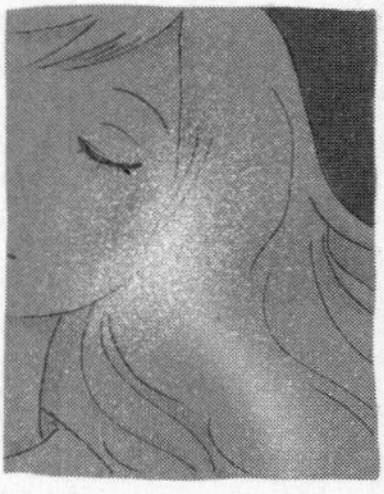

なにかがゆっくり起《お》き上《あ》がり、動《うご》く気配《けはい》がします。

しっ、静《しず》かに。目《め》を閉《と》じ、耳《みみ》を澄《す》ませて。

ほら。その「なにか」は、いま、扉《とびら》を開《あ》け、外《そと》へ出《で》ようとしています。静《しず》まりかえった深夜《しんや》だから、ノブを回《まわ》す、ごくごく小《ちい》さな音《おと》さえ聞《き》こえるのです。

扉《とびら》が開《ひら》き、それから少《すこ》したって、閉《し》まりました。かすかに、かすかに、床《ゆか》がきしむ音《おと》が聞《き》こえます。

おや。その「なにか」は、少《すこ》しずつ、ミレイちゃんの部屋《へや》の前《まえ》へ近《ちか》づいてくるではありませんか。

危《あぶ》ない、ミレイちゃん！　ビーちゃん、寝《ね》ている場合《ばあい》じゃないよ！　ミレイちゃんを守《まも》ってあげて！　バーバ、起《お》きて！　ミレイちゃんの部屋《へや》に、「なにか」がやって来《く》るよ！　けれども、どんなに叫《さけ》んでも、起《お》きてくるものはいません。

ミレイちゃんの部屋《へや》の扉《とびら》のノブが、静《しず》かに、静《しず》かに回《まわ》ります。それから、ほんとうにゆっくりと、扉《とびら》が開《ひら》いてゆきました。どうしたらいいのでしょう。

そして、「なにか」は、ミレイちゃんの部屋《へや》の中《なか》へ入《はい》ってきたのでした。

それから、しばらく、音《おと》はやみました。もしかしたら、その「なにか」は、あたりの様子《ようす》をうかがっているのでしょうか。

それとも、あれは、ただの聞《き》きちがいだったのでしょうか。

いえ、そうじゃありません。「なにか」は、再《ふたた》び、動《うご》き出《だ》したのです。ミレイちゃんがねむるベッドに向《む》かって！

「なにか」は、ミレイちゃんを見《み》つめていました。

「あなた」ミレイちゃんがいいました。

「だあれ？」

大丈夫《だいじょうぶ》。それは、ミレイちゃんが夢《ゆめ》の中《なか》のだれかに向《む》かっていったことばだから。

それから、「なにか」は、「手《て》」を伸《の》ばして、ミレイちゃんの頬《ほお》をそっとなでたようでもありました。そして、「なにか」は、来《き》たときと同《おな》じように、静《しず》かに床《ゆか》を踏《ふ》み、部屋《へや》から出《で》ていったのでした。

49 いちばん好《す》きなこと

「さあ行《い》こう、リング」

そういって、ミレイちゃんは散歩《さんぽ》に出《で》かけます。だいたいは、夕方《ゆうがた》に。それが、ミレイちゃんの役目《やくめ》になりました。

ミレイちゃんには、好《す》きな「役目《やくめ》」がたくさんあります。

ご飯《はん》を作《つく》るお手伝《てつだ》いをするときには、いつも周《まわ》りが音楽《おんがく》でいっぱいになり、バーバがご飯《はん》を作《つく》るのを見《み》ていると、それは魔法《まほう》みたいで、だから大好《だいす》きです。

お掃除《そうじ》だって、「館《やかた》」のやり方《かた》はちょっとちがいます。

もちろん、大《おお》きな掃除機《そうじき》を使《つか》うこともあるけれど、モップやバケツを使《つか》うこともあります。そういうときには、大《おお》きなエプロンをしてモップを抱《かか》えバケツを持《も》って、まず最初《さいしょ》にその部屋《へや》を、ぐるりと一周《いっしゅう》、行進《こうしん》したりするのです。

「お掃除《そうじ》マーチングバンドだよ」バーバはいいます。モップで床《ゆか》をトントン、調子《ちょうし》よくたたきながら。

「働《はたら》く人《ひと》たちは、昔《むかし》、みんなで一緒《いっしょ》に歌《うた》を歌《うた》ったり、なにかをたたいたりしながら、仕事《しごと》をしたんだ。それがふつうだった。奴隷《どれい》として連《つ》れてこられた黒人《こくじん》たちは、楽器《がっき》がなかったから、自分《じぶん》の手《て》や足《あし》を楽器《がっき》にした。そうやって、音楽《おんがく》ではげまして、毎日《まいにち》を暮《く》らしたんだ。やってごらん、不思議《ふしぎ》に楽《たの》しくなるもんだよ」

だから、ミレイちゃんは、お掃除《そうじ》もすっかり大好《だいす》きになったのでした。

庭《にわ》の花《はな》たちに水《みず》をあげることも、古《ふる》くなってガタついてしまったものを、バーバと一緒《いっしょ》に見《み》つけて、直《なお》して回《まわ》ることも、楽《たの》しかった。直《なお》しながら、バーバがしてくれる昔《むかし》のお話《はなし》が、やっぱりおもしろかったのです。

それでも、ミレイちゃんがいちばん好《す》きなのは、リングを連《つ》れてゆく散歩《さんぽ》でした。

はじめて、ひとりで（もちろん、ビーちゃんは一緒《いっしょ》ですよ。いつでもね）、リングを連《つ》れて散歩《さんぽ》に出《で》かけるとき、ミレイちゃんは、いいました。

「バーバ、わたし、道《みち》なんかわからないんだけど、ほんとうに大丈夫《だいじょうぶ》？」

「リングに任《まか》せておけば、大丈夫《だいじょうぶ》さ。行《い》き先《さき》はリングが決《き》める。おまえは、リードにつかまっていればいい」

そして……ほんとうに、バーバのいうとおりだったのです！

「さあ行《い》こう、リング」

それが、「魔法《まほう》のことば」となるのです。リードをつけると、リングは、ゆっくり立《た》ち上《あ》がり、玄関《げんかん》に向《む》かって歩《ある》きはじめます。あわてることはありません。ただついてゆけばいいのですから。

「館《やかた》」の門《もん》を抜《ぬ》けると、外《そと》へとつづく道《みち》に出《で》ます。左《ひだり》に下《くだ》ってゆけば海《うみ》へ、右《みぎ》へ上《あ》がってゆけば山《やま》へ出《で》ます。今日《きょう》の気分《きぶん》は、どちらかな、リング？

50　夏《なつ》のかけら

「わかったわ。今日《きょう》は海《うみ》に行《い》きたい気分《きぶん》なのね、リング」

リングは道《みち》を左《ひだり》に、海《うみ》に向《む》かいます。いや、わかりません。途中《とちゅう》から、横道《よこみち》にそれ、家《いえ》と家《いえ》の間《あいだ》をぬって歩《ある》くことも、神社《じんじゃ》の裏《うら》をそっと抜《ぬ》けてゆくこともあるからです。いいでしょう。リングが行《い》きたいところに、ミレイちゃんもついてゆくだけです。

道《みち》の両側《りょうがわ》の樹《き》たちが、枝《えだ》を長《なが》く差《さ》し出《だ》してできた緑《みどり》の天井《てんじょう》が、どこまでもつづいています。その、緑《みどり》の天井《てんじょう》のすき間《ま》から、それはたくさんの針《はり》みたいな細《ほそ》い光《ひかり》の筋《すじ》がもれ出《だ》して、ミレイちゃんやリングのからだの上《うえ》に、ゆらゆら揺《ゆ》れる光《ひかり》の模様《もよう》ができました。

「夏《なつ》のかけらだ!」

そう。これから、ミレイちゃんたちは、「夏《なつ》のかけら」を探《さが》しにゆく旅《たび》に出《で》かけるのです。

「今日《きょう》は海《うみ》なの？　行《い》ってらっしゃい、リング、ミレイちゃん！」

お隣《となり》のフカサワさん家《ち》のレイコさんが声《こえ》をかけてくれました。

レイコさんは女子《じょし》高生《こうせい》です。でも、夏休《なつやす》みだから制服《せいふく》じゃなく、白《しろ》いT《ティー》シャツにデニムのショートパンツ。その格好《かっこう》で、ホースを手《て》にして、道《みち》に盛大《せいだい》に雨《あめ》を降《ふ》らせています。レイコさんが、ホースの口《くち》をギュッと締《し》めて上《うえ》に向《む》けると、水《みず》の天幕《てんまく》ができました。キラキラ輝《かがや》くむすうの水滴《すいてき》に、うっすら虹《にじ》のようなものがかかります。

麦《むぎ》わら帽子《ぼうし》をかぶったおじいさんとおばあさんが歩《ある》いてきました。おじいさんは、大《おお》きなスイカを入《い》れた袋《ふくろ》を持《も》っています。

「こんにちは」

「こんにちは」

「こんにちは」

おじいさんたちが通《とお》りすぎると、ミレイちゃんはビーちゃんにそっといいます。

「あの人《ひと》たちも、持《も》っていたわね。『夏《なつ》のかけら』」

「そうですね！」

今度《こんど》は道《みち》の向《む》こうから、青《あお》い浴衣《ゆかた》を着《き》た女《おんな》の人《ひと》が、白《しろ》い日傘《ひがさ》を差《さ》して歩《ある》いてきます。

女《おんな》の人《ひと》は、くるくる日傘《ひがさ》を回《まわ》しました。日傘《ひがさ》の上《うえ》で、ころころ光《ひかり》が踊《おど》ります。

「ビーちゃん、またあった、夏《なつ》のかけら！」

「ですねえ！」

車《くるま》が行《い》き交《か》う広《ひろ》い道《みち》に出《で》ました。まだまだ暑《あつ》いです。リング、今日《きょう》は、こっちを歩《ある》いて海《うみ》に行《い》くのね。

ちょっとした屋根《やね》のついた、小さなバス停《てい》がありました。ベンチに、白《しろ》い、つばの広《ひろ》い帽子《ぼうし》をかぶった女《おんな》の人《ひと》が座《すわ》って、真剣《しんけん》に文庫本《ぶんこぼん》を読《よ》んでいます。とてもとてもきれいな女《おんな》の人《ひと》です。大《おお》きな真珠《しんじゅ》のイヤリングがきれい。いつかこんなおとなの女《おんな》の人《ひと》になれるかな。

風《かぜ》が吹《ふ》いて、女《おんな》の人《ひと》の細《こま》かい水玉《みずたま》のスカートが揺《ゆ》れました。まだバスは来《き》ません。女《おんな》の人《ひと》は、本《ほん》を読《よ》みつづけています。ミレイちゃんが叫《さけ》びました。

「あっ、海《うみ》の匂《にお》い！」

51 なにかにつづく道《みち》

海《うみ》が見《み》えました。

海沿《うみぞ》いの道《みち》を、リングはゆっくりと歩《ある》いてゆきます。

犬《いぬ》たちが、よく、グイグイとリードを引《ひ》っ張《ぱ》って進《すす》んでゆくのを見《み》ることがあります。でも、リングはそうではありません。もしかしたら、目《め》が見《み》えないからでしょうか。

ゆっくりだけれど、まるでよく見《み》えているみたいに、リングは、ためらうことなく進《すす》んでゆきます。

あっ。

白《しろ》いワンピースの女《おんな》の子《こ》が自転車《じてんしゃ》に乗《の》って、ミレイちゃんたちの横《よこ》を通《とお》りすぎました。

ビュン！　女《おんな》の子《こ》は両足《りょうあし》をペダルから離《はな》して、大《おお》きく上《うえ》にあげています。大丈夫《だいじょうぶ》かな、そんな姿勢《しせい》で。

ゆるやかな坂道《さかみち》をぐんぐんスピードを上《あ》げて、女《おんな》の子《こ》は下《くだ》ってゆきます。なんて楽《たの》しそうなんでしょう。笑《わら》い声《ごえ》が聞《き》こえてきそうです。でも、それは一瞬《いっしゅん》のことで、ワンピースのすそを激《はげ》しくはためかせたかと思《おも》うと、たちまち、女《おんな》の子《こ》と自転車《じてんしゃ》は道《みち》の向《む》こうに消《き》えていったのでした。

ミレイちゃんとビーちゃんは、女《おんな》の子《こ》の消《き》えた方《ほう》をしばらく見《み》ていました。

「行《い》っちゃったね。あの子《こ》」

「そうですね」

いつもと同《おな》じ道《みち》だけど、同《おな》じことは起《お》こりません。時間《じかん》がちがうと、風景《ふうけい》もちがいます。季節《きせつ》がちがうと、もっとなにもかもちがうのでしょう。

砂浜《すなはま》で、制服《せいふく》を着《き》た中学生《ちゅうがくせい》ぐらいの女《おんな》の子《こ》たちが四人《にん》、足《あし》をくるぶしまで海《うみ》に突《つ》っこんで、はしゃいでいます。ときには、四人《にん》が一列《いちれつ》に並《なら》んで、ときには、輪《わ》になって。だれかが振《ふ》りつけをしたダンスをしているみたいです。

漁師《りょうし》さんが漁船《ぎょせん》をウィンチで引《ひ》き上《あ》げています。

遠《とお》くの「海《うみ》の家《いえ》」から音楽《おんがく》と、それに負《ま》けない大声《おおごえ》を上《あ》げるたくさんの客《きゃく》たちの声《こえ》が聞《き》こえてきます。

「海《うみ》の家《いえ》」から離《はな》れて、ぽつんと、リュックを背負《せお》った女の子《おんなこ》がサーフボードの上《うえ》に座《すわ》って、海《うみ》の方《ほう》を眺《なが》めています。知《し》ってるだれかが海《うみ》にいて、その人《ひと》が戻《もど》ってくるのを待《ま》っているのでしょうか。

不意《ふい》に、リングがコンビニの横《よこ》の小《ちい》さな道《みち》を進《すす》みだしました。ミレイちゃんにとって初《はじ》めての道《みち》です。

いいでしょう。リングが行《い》きたいなら、ミレイちゃんはどこへでもついてゆくつもりです。

海《うみ》が見《み》えなくなり、海《うみ》の音《おと》も消《き》えました。なんだか、リングが駆《か》け足《あし》になっています。

大丈夫《だいじょうぶ》？　でも、そんなに急《いそ》いで、どこに行《い》くの？　なにに向《む》かって？

リングは、小《ちい》さな祠《ほこら》の横《よこ》を通《とお》り、小《ちい》さな小《ちい》さなお地蔵様《じぞうさま》の横《よこ》を抜《ぬ》け、やっと通《とお》れるほどの細《ほそ》い路地《ろじ》を通《とお》り抜《ぬ》け進《すす》んでゆきます。なんだか、いつもよりずっと力《ちから》が入《はい》っています。

「リング！」

ミレイちゃんが、そう呼《よ》びかけたときでした。びっくりすることが起《お》きたのです。

52 もうひとつの……

ミレイちゃんは、ずっとあとになっても、そのときのことをはっきりと覚《おぼ》えていました。

リングがリードをぐんぐん引《ひ》っ張《ぱ》っていたこと、その力《ちから》がどんどん強《つよ》くなっていたこと、転《ころ》びそうになりながらリングのあとからついていったことを。

「リング！」ミレイちゃんは叫《さけ》びました。

「ちょっと待《ま》って！」

でも、リングはミレイちゃんのいうことを聞《き》きません。そんなの初《はじ》めてです。いつだって、リングはミレイちゃんのいうことなら聞《き》いてくれたのですから。

いったいなにを見《み》つけたのでしょう。どこに向《む》かって進《すす》んでゆこうとしているのでしょう。老犬《ろうけん》のリングにそんな力《ちから》が残《のこ》っているなんて、ミレイちゃんには信《しん》じられません。

「リング！　リングったら！」

とても不思議《ふしぎ》な気《き》がしました。なんだか、急《きゅう》に寒《さむ》くなったような感《かん》じがしたのです。いいえ、ちがいます。急《きゅう》に空気《くうき》が濃《こ》くなったみたいな、さっきまでよりももっとずっと緑《みどり》の匂《にお》いが濃《こ》くなったみたいなそんな感《かん》じが。

ミレイちゃんたちは、ボコボコした土《つち》の道《みち》を進《すす》んでゆきました。足《あし》をとられないように気《き》をつけなければなりません。

知《し》らない家《いえ》の前《まえ》を通《とお》りました。写真《しゃしん》でしか見《み》たことがないような、とても古《ふる》い家《いえ》です。だって、屋根《やね》の上《うえ》にわらみたいなものがのっていたのです。

「こんな家《いえ》、あったかな？」

気《き》がつくと、頭《あたま》に白《しろ》い布《ぬの》のようなものを巻《ま》いて、赤《あか》ん坊《ぼう》をヒモで背負《せお》った女《おんな》の子《こ》が、不思議《ふしぎ》そうな顔《かお》でミレイちゃんを見《み》つめています。

「どこから来《き》たの？　変《か》わった格好《かっこう》してるね。このへんの子《こ》じゃないの？」

返事《へんじ》をするひまはありませんでした。リングが強《つよ》い力《ちから》で引《ひ》っ張《ぱ》りつづけるからです。

さっきからずっと、ミレイちゃんは走《はし》っているみたいです。もう無理《むり》！

「リング！　リングったら！　少《すこ》し、ゆっくり歩《ある》いて。お願《ねが》い！」

リングは不意《ふい》に止《と》まると、ミレイちゃんの方《ほう》に顔《かお》を向《む》けました。

「リング……まさか……」

リングの、白《しろ》くにごっていた目《め》はすっかり澄《す》んで、ミレイちゃんを見《み》つめています。

「リング……見《み》えるの？」

リングはまた正面《しょうめん》を向《む》いて、ぐいぐいミレイちゃんを引《ひ》きずるように歩《ある》いてゆきます。

リングは目《め》が見《み》えるようになっただけじゃありません。なんだかすっかり若《わか》くなっているみたいです！　なんということでしょう！

気《き》がつくと、ミレイちゃんたちは「館《やかた》」の前《まえ》に出《で》ていました。

リングは静《しず》かにミレイちゃんに顔《かお》を向《む》けました。それは、いつもの、おとなしいリングでした。

「リング……『あれ』は、なんだったの？　『あそこ』はどこ？」

リングはキューンと、小《ちい》さく鳴《な》きました。

53 あした

ミレイちゃんは、その日《ひ》に起《お》こったことをバーバには話《はな》しませんでした。どうしゃべったらいいのか、わからなかったのです。

「ねえ、ビーちゃん」

だから、ベッドに入《はい》ると、ビーちゃんに相談《そうだん》することにしたのです。

「『あれ』は、なんだったのかしら?」

「いや、驚《おどろ》きましたねえ」

「それに、リングが若《わか》くなってた! 目《め》も見《み》えるようになってたでしょ! あれは、気《き》のせい?」

「そんなことはありません! ぼくも見《み》ましたよ。あの、わらの屋根《やね》の家《いえ》……それから、あの、赤《あか》ん坊《ぼう》を背負《せお》った女《おんな》の子《こ》も!」

ミレイちゃんは考《かんが》えました。不思議《ふしぎ》なことが起《お》こった。でも、世《よ》の中《なか》には、わたしの知《し》らないことが、まだまだたくさんあるんだわ。

「ねえ、ビーちゃん。バーバもいっていたでしょう? リングは目《め》が見《み》えないけれど、きっと、わたしたちには見《み》えないものが『見《み》える』の。だから、いつも、ああやって、落《お》ちついて歩《ある》いているのね。そして、どうして、わたしたちには見《み》えないんだろう、って思《おも》ってるのかもしれない」

「じゃあ、リングにはなにが見《み》えてるんでしょうねえ、ミレイちゃん」

「『あれ』は……」

ミレイちゃんは、目《め》を閉《と》じて、もう一度《いちど》、「あれ」を思《おも》い出《だ》そうとしました。

「あれ」は、緑《みどり》にあふれたいつもの鎌倉《かまくら》、その、いつもの鎌倉《かまくら》よりも、さらにずっと静《しず》かで、懐《なつ》かしいところでした。知《し》らないところのはずなのに、よく知《し》っているような気《き》がしたのでした。

空気《くうき》はほんとうに澄《す》んで、きれいで、葉《は》っぱの一枚《まい》一枚《まい》が、いつもよりずっとくっきりして、遠《とお》くの山《やま》も、いつもよりずっとはっきり見《み》えました。それでも、なぜか、そこにあった家《いえ》も、女《おんな》の子《こ》も、まるで遠《とお》い昔《むかし》のもののように思《おも》えたのです。

きっと「あれ」は、ずっと前《まえ》からあそこにあったんだ。でも、わたしたちはふだん気《き》づかず、通《とお》りすぎていたんだ。リングのように敏感《びんかん》な生《い》きものだけが気《き》づく、そんな場所《ばしょ》があるんだわ。

「わたしたち、また、行《い》くことができるのかしら」

「行《い》けるといいですねえ」

「もし行《い》けるなら……」

まぶたが重《おも》たくなってきました。ミレイちゃんは、もうすぐねむりの世界《せかい》に入《はい》るでしょう。

「ああ、なんだか……」ミレイちゃんは、そう、いいました。いえ、もしかしたら、ただ頭《あたま》の中《なか》で思《おも》っただけなのかもしれません。

「あそこは、夢《ゆめ》の中《なか》にも似《に》てるわ……そんな気《き》が……するの……ものすごくちっちゃい頃《ころ》、見《み》たことがあるような……気《き》もするの……あした、また行《い》こう……リングと……」

おやすみ、ミレイちゃん。また、あしたね。

54 リング、走《はし》る

「行《い》ってきます」ミレイちゃんはそういうと、玄関《げんかん》から外《そと》へ出《で》ました。

「行《い》ってらっしゃい」バーバの声《こえ》がします。

リングの散歩《さんぽ》の時間《じかん》になりました。まだ少《すこ》し暑《あつ》いけれど、風《かぜ》は涼《すず》しいし、日陰《ひかげ》を選《えら》んで歩《ある》いていけば大丈夫《だいじょうぶ》。そんなことなら、リングはとうに承知《しょうち》しています。

ミレイちゃんは、なんだかわくわくします。リングと散歩《さんぽ》するのは、とても楽《たの》しい。町《まち》の風景《ふうけい》も、きらきらする夏《なつ》のかけらを見《み》ることも、友《とも》だちの犬《いぬ》たちがリングに駆《か》け寄《よ》ってくることも、みんな。でも、もう一つ、ミレイちゃんには楽《たの》しみができました。

もしかしたら、「あれ」がまた起《お》きるかもしれないのです!

「館《やかた》」の門《もん》を出《で》ました。リングは立《た》ち止《ど》まり、少《すこ》し上《うえ》を向《む》いて、あたりの様子《ようす》をうかがっています。どうするの、リング?

リングは右《みぎ》を選《えら》びました。少《すこ》し上《あ》がってゆく道《みち》です。いいでしょう。行《い》こう、リング。

頭《あたま》の上《うえ》に緑《みどり》の屋根《やね》ができています。そこから、木《こ》もれ日《び》が、ミレイちゃんやリングに降《ふ》りかかります。樹《き》の間《あいだ》から涼《すず》しい風《かぜ》が吹《ふ》いてきました。山《やま》の中《なか》を通《とお》ってきたせいでしょうか、少《すこ》し甘《あま》いような樹《き》と土《つち》の香《かお》りがします。それに混《ま》じって、セミの鳴《な》き声《ごえ》が滝《たき》のように落《お》ちてきます。

「こうやってずっと夏休《なつやす》みだったらいいのにね。ねえ、リング……リング……？」

リングが道《みち》の真《ま》ん中《なか》で止《と》まりました。どうしたのでしょう。オシッコしたいの？

リングがあたりを見回《みまわ》します。まるで、なにかの気配《けはい》を探《さぐ》っているみたいです。

「どうしたの……リング？」

そのときでした。うるさいほど鳴《な》いていたセミの声《こえ》が、急《きゅう》にやんだのです。

流《なが》れてきた雲《くも》が太陽《たいよう》を隠《かく》し、あたりが薄暗《うすぐら》くなりました。

突然《とつぜん》、強《つよ》い風《かぜ》が吹《ふ》きました。樹々《きぎ》が揺《ゆ》れ、葉《は》っぱが激《はげ》しく音《おと》を立《た》てて震《ふる》えています。

ザッザッザッザッ。

ザッザッザッザッザッ。

ミレイちゃんの着《き》ているワンピースのすそがはためき、かぶっていた麦《むぎ》わら帽《ぼう》が飛《と》びそうです。ミレイちゃんは、あわてて帽子《ぼうし》を手《て》でおさえました。ミレイちゃんがリードを離《はな》した、その瞬間《しゅんかん》でした。リングが突然走《とつぜんはし》りだしたのです。

「リング！　行《い》かないで！」

リードを引《ひ》きずったまま、リングはどんどん駆《か》けてゆきます。ミレイちゃんは、懸《けん》命《めい》にリングを追《お》いかけました。

でも、自由《じゆう》に走《はし》ってゆく犬《いぬ》を追《お》いかけることなんかできません。林《はやし》の中《なか》に飛《と》びこんだリングの姿《すがた》は、あっという間《ま》に見《み》えなくなってしまったのでした。

「どうしよう……。それに、ここはどこなのかしら」

すっかり困《こま》ったミレイちゃんが立《た》ちつくしていると、だれかの声《こえ》が聞《き》こえました。

「どうしたんだね、お嬢《じょう》さん」

55　笑《わら》う人《ひと》

林《はやし》の中《なか》に、男《おとこ》の人《ひと》が立《た》っていました。

その男《おとこ》の人《ひと》は、麻《あさ》のズボンに、白《しろ》いワイシャツの袖《そで》をひじのあたりまでまくって、小《こ》わきに、なにかを包《つつ》んだ布《ぬの》を（いえ、確《たし》かあれは風呂敷《ふろしき》というものでした、ミレイちゃんはおかあさんが使《つか》っているのを見《み》たことがあったのです）抱《かか》えていました。そして、リングのリードを握《にぎ》り、ミレイちゃんに話《はな》しかけたのでした。

「この犬《いぬ》は、お嬢《じょう》さんのかい？」

「はい、そうです！　ちょっと手《て》を離《はな》したら、駆《か》けだして……つかまえてくださって、ありがとうございます！」

「いや、なかなか元気《げんき》な犬《いぬ》だね」

ミレイちゃんは、リングを見《み》て、また驚《おどろ》きました。「あのとき」と同《おな》じように、リ

ングはすっかり若返《わかがえ》っていたのです！

「なかなか可愛《かわい》い格好《かっこう》だね」

「ありがとうございます」

「ロンドンのケンジントンあたりで犬《いぬ》を散歩《さんぽ》させている女《おんな》の子《こ》がしそうな格好《かっこう》だ」

「ロンドンって、イギリスの？　よくご存《ぞん》じなんですか？」

「若《わか》い頃《ころ》、住《す》んでいたことがあるだけさ。もちろん、ケンジントンじゃないよ。あんな高級住宅街《こうきゅうじゅうたくがい》に住《す》めるわけがない」

そういうと、その男《おとこ》の人《ひと》は、びっくりするほど大《おお》きな声《こえ》で「カッカッカッ」と笑《わら》いました。

「ところで」男《おとこ》の人《ひと》は、笑《わら》い終《お》わると、ちょっとまじめな顔《かお》つきになって、ミレイちゃんにいいました。

「もしかして、きみは、『館《やかた》』の娘《むすめ》さん？」

ミレイちゃんは、ほんとうにびっくりしました。とにかく、どこだかわからないけれど、「あそこ」に、知《し》らない場所《ばしょ》に、来《き》たことだけはわかっていました。なのに、『館《やかた》』の娘《むすめ》」だといわれるなんて！　あなたは、だれ？

「……はい……そうですけど、あの……どうして、そう思《おも》われたんですか？」

「ふむ。『館《やかた》』には何度《なんど》かお招《まね》きいただいているし、『館《やかた》』の娘《むすめ》さんなら、そんな格好《かっこう》をしていてもおかしくないし、だいたい、きみはミサトさんによく似《に》ているからね。そういわれないかな?」

「……わたしにはわかりません……」

ミサトさん? だれのことだろう。でも、いまは考《かんが》えているひまなんてありません。

「そうか。しかし、ミサトさんのところのお嬢《じょう》さんはふたりだと思《おも》ったけど。まあ、いい。じゃあ、失礼《しつれい》」

歩《ある》きだそうとする男《おとこ》の人《ひと》に、ミレイちゃんは、あわてて話《はな》しかけました。

「あのお……すいません……ここ、どこなんでしょう」

「なんだい。道《みち》に迷《まよ》ったのかい。ぼくは、この先《さき》の友人《ゆうじん》の家《いえ》まで、ちょっとお見舞《みま》いに行《い》くところなんだが。すぐに帰《かえ》るつもりだから、そのあと、『館《やかた》』まで送《おく》ってあげようか」

「あっ……ありがとうございます」

そして、ミレイちゃんはリングを連《つ》れて、男《おとこ》の人《ひと》のあとを歩《ある》きはじめたのでした。

56　彼《かれ》ら

ミレイちゃんはリングを連《つ》れ、その男《おとこ》の人《ひと》のあとをゆっくりついて歩《ある》いていました。

いったい、ここはどこなんだろう。こんなところ、鎌倉《かまくら》にあったのかしら。

「もうすぐだ」その男《おとこ》の人《ひと》はいいました。

「これから行《い》くのは、おじさんの友《とも》だちの家《いえ》だ。その友《とも》だちはもうずっと病気《びょうき》で、具《ぐ》合《あい》もよくないんだが、行《い》ったら楽《たの》しくおしゃべりするつもりなんだよ」

「あの……わたしなんか、ついて行《い》ってもいいんでしょうか」

「いいに決《き》まってるさ。可愛《かわい》い子《こ》は大歓迎《だいかんげい》だ。ところで、お嬢《じょう》さんはいくつなのかな」

「……11歳《さい》です」

「おやおや。おじさんの娘《むすめ》と同《おな》じだ」

ミレイちゃんは、ときどき、そっとあたりを見回《みまわ》します。家《いえ》らしい家《いえ》は見当《みあ》たりません。どこまでも、深《ふか》い林《はやし》がつづいています。

深《ふか》い森《もり》や林《はやし》なら、ミレイちゃんだって入《はい》ったことはあります。でも、こんなふうに感《かん》じたことはありませんでした。ことばにすることが難《むずか》しい、懐《なつ》かしいような、なにもかもがゆっくりとしているような、そんな感《かん》じは。

「ほら、あれだ」

森《もり》の中《なか》に、小《ちい》さな木造《もくぞう》の家《いえ》がありました。たくさんの樹《き》が、その家《いえ》をおおっているように見《み》えます。

「その犬《いぬ》は、この郵便《ゆうびん》受けの横《よこ》につないで」

そういってから、男《おとこ》の人《ひと》は、玄関《げんかん》に近《ちか》づくと、慣《な》れた手《て》つきで格子《こうし》戸《ど》を引《ひ》き開《あ》けました。

「入《はい》るよ」

玄関《げんかん》を入《はい》ったところには、革靴《かわぐつ》が何足《なんぞく》も置《お》いてあります。先客《せんきゃく》がいるようです。なめらかで、つやつや光《ひか》る木《き》の板《いた》を敷《し》いた廊下《ろうか》を歩《ある》いていたかと思《おも》うと、ミレイちゃんたちは、いつの間《ま》にか縁側《えんがわ》にいたのでした。男《おとこ》の人《ひと》は、障子《しょうじ》を開《あ》けて部屋《へや》に入《はい》りました。

畳《たたみ》が敷《し》かれた部屋《へや》の真《ま》ん中《なか》にはベッドがあって、丸《まる》い眼鏡《めがね》をかけた男《おとこ》の人《ひと》が半身《はんしん》を起《お》こしていました。

部屋《へや》の中《なか》には、ほかに三人《にん》の男《おとこ》の人《ひと》がいて、それぞれに座布団《ざぶとん》の上《うえ》であぐらをかいたり、椅子《いす》に座《すわ》ったりして、ちょうどお話《はなし》の真《ま》っ最中《さいちゅう》のようでした。

「ヨシダさん、お嬢《じょう》さんかい?」

まゆ毛《げ》の濃《こ》い、きりりとした表情《ひょうじょう》の男《おとこ》の人《ひと》がいいました。

「いや、『館《やかた》』の娘《むすめ》さんだ。散歩《さんぽ》をしていて迷《まよ》ったらしいので、ちょっとお連《つ》れした」

「……すいません。お邪魔《じゃま》でしたら……」

「そんなことはない。ちょうどいいかもしれないね」

やせっぽちの男《おとこ》の人《ひと》がいいました。

「ちょうどいい、って、なにが?」

「物語《ものがたり》の翻訳《ほんやく》が完成《かんせい》したばかりなんだ」

ベッドの男《おとこ》の人《ひと》が、小《ちい》さな声《こえ》でいいました。

「ずっと気《き》になっていた。もしかしたら、完成《かんせい》できないかもしれないと思《おも》っていた。これは、とても可愛《かわい》くて、けなげな女《おんな》の子《こ》たちのお話《はなし》なんだ」

57 三人《にん》姉《し》妹《まい》

「その人《ひと》がつくるお話《はなし》は、どれも素敵《すてき》なものばかりだったんだ」
ベッドの男《おとこ》の人《ひと》は静《しず》かにいいました。
「なぜって、その人《ひと》は、いつも弱《よわ》い人《ひと》たちを主人公《しゅじんこう》にしてお話《はなし》をつくってきた。とりわけ、女《おんな》の子《こ》や女《おんな》の人《ひと》たちをね。そして、いつも思《おも》うのだけれど、大昔《おおむかし》から、おとぎ話《ばなし》は、たとえばおばあさんが夜《よる》、囲炉裏《いろり》のそばに子《こ》どもたちを集《あつ》めて、寝《ね》るまでしてくれたものだった。そして、そのお話《はなし》に出《で》てくるのは、たいていは弱《よわ》いものたち、道《みち》に迷《まよ》った子《こ》どもだったり、傷《きず》ついた小《ちい》さな動物《どうぶつ》だったりしたんだ。英雄《えいゆう》や怪物《かいぶつ》の話《はなし》もたまにはあるけど、ぼくはあまり好《す》きじゃない」
「戦《たたか》いの方《ほう》は、この前《まえ》終《お》わった戦争《せんそう》でもう十分《じゅうぶん》味《あじ》わった。あとは、美《うつく》しいお話《はなし》ばかりつくりたいものだね」

まゆ毛《げ》の濃《こ》い男《おとこ》の人《ひと》がつぶやくようにいいました。

「だから、ぼくは、その人《ひと》のお話《はなし》を、頑張《がんば》って、日本語《ご》に翻訳《ほんやく》してみようと思《おも》った。いま、みんなに必要《ひつよう》なお話《はなし》じゃないかって思《おも》ったんだ。確《たし》か、『館《やかた》』には何人《なんにん》かお嬢《じょう》さんがいたと思《おも》うんだけれど、これは、三人《にん》の姉妹《しまい》の物語《ものがたり》なんだよ」

そのとき、どこか遠《とお》くの方《ほう》から、たぶん林《はやし》のずっと向《む》こうから、華《はな》やかな音楽《おんがく》が、とぎれとぎれに聞《き》こえてきたのでした。

「あれは、鎌倉《かまくら》カーニバルの楽隊《がくたい》だね」

「おじさんたちの仲間《なかま》がやっているんだよ」

やせっぽちの人《ひと》が、ほほえみながらいいました。

「この話《はなし》を朗読《ろうどく》するにはぴったりだね」

おでこが広《ひろ》くてやさしそうな顔《かお》つきの人《ひと》が、なんだか寂《さび》しそうにいいました。

「このお話《はなし》の最後《さいご》に、いちばん上《うえ》のお姉《ねえ》さんが、ふたりの妹《いもうと》を抱《だ》きしめながら、こういうんだ。『楽隊《がくたい》の音《おと》は、あんなに楽《たの》しそうに、力《ちから》づよく鳴《な》っている。あれを聞《き》いていると、生《い》きて行《い》きたいと思《おも》うわ！　まあ、どうだろう！　やがて時《とき》がたつと、わたしたちも永久《えいきゅう》にこの世《よ》にわかれて、忘《わす》れられてしまう。わたしたちの顔《かお》も、声《こえ》も、なんにん姉妹《きょうだい》だったかということも、みんな忘《わす》れられてしまう。でも、わたしたちの苦《くる》しみは、あとに生《い》きる人《ひと》たちの悦《よろこ》びに変《かわ》って、幸福《こうふく》と平和《へいわ》が、この地上《ちじょう》におとずれるだろう。そして、現在《げんざい》こうして生《い》きている人《ひと》たちを、なつかしく思《おも》いだして、祝福《しゅくふく》してくれることだろう。ああ、可愛《かわい》い妹《いもうと》たち、わたしたちの生活《せいかつ》は、まだおしまいじゃないわ。生《い》きて行《い》きましょうよ！　楽隊《がくたい》の音《おと》は、あんなに楽《たの》しそうに、あんなに嬉《うれ》しそうに鳴《な》っている。あれを聞《き》いていると、もう少《すこ》ししたら、なんのためにわたしたちが生《い》きているのか、なんのために苦《くる》しんでいるのか、わかるような気《き》がするわ。……それがわかったら、それがわかったらね！』」

ミレイちゃんは、なんだか胸《むね》がいっぱいになりました。そのお姉《ねえ》さんが、どこか、おかあさんやバーバに、とても似《に》てるような気《き》がしたからです。

「三人姉妹」（チェーホフ著、『桜の園・三人姉妹』神西清訳、新潮文庫）から

58 わたしたちだけ ここに残《のこ》って

朗読《ろうどく》を終《お》えたベッドの男《おとこ》の人《ひと》は、なんだか疲《つか》れた様子《ようす》で、ベッドの頭《あたま》のところの木《き》の板《いた》に、背中《せなか》をもたれさせました。

「とてもいいセリフだなあ」

やせっぽちの人《ひと》がしみじみといいました。

「このお話《はなし》の中《なか》で、三人《にん》の姉妹《しまい》のほかに出《で》てくる男《おとこ》たちは、たいてい軍人《ぐんじん》なんだ」

おでこの広《ひろ》い、やさしい顔《かお》つきの人《ひと》がいいました。

「そして、軍人《ぐんじん》というものは、戦争以外《せんそういがい》のことをよく知《し》らない。気《き》がつかないうちに、女《おんな》の人《ひと》たちを不幸《ふこう》にしてしまうんだよ」

「でも、このお話《はなし》を聞《き》いていると、三人《にん》の姉妹《しまい》は、ぼくたちみたいにも思《おも》えてくる」

まゆ毛《げ》の濃《こ》い男《おとこ》の人《ひと》が、とても真剣《しんけん》にいいました。

「『やがて時《とき》がたつと、わたしたちも永久《えいきゅう》にこの世《よ》にわかれて、忘《わす》れられてしまう』とか『でも、わたしたちの苦《くる》しみは、あとに生《い》きる人《ひと》たちの悦《よろこ》びに変《かわ》って、幸福《こうふく》と平《へい》和《わ》が、この地上《ちじょう》におとずれるだろう』とか、それって、ぼくたちがここでしゃべっているようなことじゃないか」

「ぼくたちは」ミレイちゃんを連《つ》れてきてくれたヨシダさんがやさしくいいました。

「ここでこうやって、ずっとおしゃべりしているんだ。詩《し》とか小説《しょうせつ》とか、永遠《えいえん》とか、そんな、あまり役《やく》に立《た》たないような話《はなし》ばかりね。退屈《たいくつ》だろう？」

「そんなことないです！　わたしのおとうさんも小説家《しょうせつか》です。そして、家《いえ》で、いろんなお話《はなし》をしてくれます」

するど、まゆ毛《げ》の濃《こ》い男《おとこ》の人《ひと》がいいました。

「だれなんだろう。名前《なまえ》を知《し》りたいな」

「そんな野暮《やぼ》なことを聞《き》く必要《ひつよう》はないだろう。ねえ、お嬢《じょう》さん」

そのときでした。玄関《げんかん》の方《ほう》から、リングが鳴《な》く声《こえ》が聞《き》こえました。すると、ミレイちゃんは、思《おも》わずこういったのでした。

「わたし……もう、帰《かえ》らなくちゃ」

どうして、そんなことをいったのか、ミレイちゃんにもわかりませんでした。でも、そういうべきだ。そんな気《き》がしたのです。

「それがいい。ここは、ぼくたちのような人間《にんげん》が、いつまでもおしゃべりするところだから。さっきのセリフの前《まえ》に、妹《いもうと》のひとりがこういうんだ。『あの人《ひと》たちは発《た》って行《ゆ》く……わたしたちだけここに残《のこ》って、またわたしたちの生活《せいかつ》をはじめるのだわ』ってね」

ベッドの人《ひと》がいいました。

「送《おく》っていかなくて大丈夫《だいじょうぶ》かい？」

ヨシダさんが心配《しんぱい》そうにいいました。

「大丈夫《だいじょうぶ》です。帰《かえ》り道《みち》はわかると思《おも》います」

ミレイちゃんは立《た》ち上《あ》がると、障子《しょうじ》を開《あ》け、部屋《へや》の中《なか》の人《ひと》たちに頭《あたま》を下《さ》げました。

「ありがとうございました」

男《おとこ》の人《ひと》たちは、優《やさ》しくほほえんで、ミレイちゃんを見《み》つめています。部屋《へや》の中《なか》はぼんやり明《あか》るく不思議《ふしぎ》な色《いろ》に輝《かがや》いていました。

チェーホフ「三人姉妹」から

59 さよなら、林《はやし》の奥《おく》の家《いえ》の人《ひと》たち

玄関《げんかん》の引《ひ》き戸《ど》を開《あ》けると、リングが小《ちい》さく鳴《な》きました。そして、そっとミレイちゃんの手《て》をなめました。

「リング、わたしたちは帰《かえ》りましょう」

ミレイちゃんは、そういうと、リングのリードを手《て》にとり、玄関《げんかん》の前《まえ》からつづく敷《しき》石《いし》を踏《ふ》んで、元来《もとき》た道《みち》を戻《もど》りはじめました。

不思議《ふしぎ》です。だって、さっきこの家《いえ》に来《き》たときには、敷石《しきいし》はまだ新《あたら》しかったのに、いまはもうすっかり古《ふる》びて、ひびが入《はい》り、その間《あいだ》から、雑草《ざっそう》が生《は》え出《で》ていたからでした。

しばらく進《すす》んで、ミレイちゃんは、なごりおしそうにふり返《かえ》りました。

林《はやし》の中《なか》に、かすかに家《いえ》の形《かたち》をしたものが見《み》えました。けれども、それは、来《き》たとき

よりも、なぜだかさらにうっそうとした樹々《きぎ》におおわれて、もう見《み》えなくなりそうです。どこからか、あの家《いえ》にいた人《ひと》たちの楽《たの》しそうな話《はな》し声《ごえ》が、そして、ほんとうにゆかいそうな、ヨシダさんの大《おお》きな笑《わら》い声《ごえ》が聞《き》こえてきます。

きっと、あの人《ひと》たちは、あそこでずっといつまでも楽《たの》しいおしゃべりをしつづけるにちがいありません。

あの家《いえ》にいて、あの人《ひと》たちのお話《はなし》をずっと聞《き》いていることができたら、どんなに楽《たの》しいだろう。きっと、いつまでもあきずに、聞《き》くことができるにちがいないわ。でも、それは、望《のぞ》んではいけないことなのね。

ミレイちゃんにはもうわかっていました。あそこは特別《とくべつ》な場所《ばしょ》だということ、あの人《ひと》たちは、ミレイちゃんがふだん生《い》きている世界《せかい》には「いない」人《ひと》たちだということも。

「リング、連《つ》れてきてくれてありがとう。でも、わたしね、あの人《ひと》たちが『いない』って、思《おも》えないのよ」

ミレイちゃんは、もう一度《いちど》ふり返《かえ》りました。でも、見《み》えるのは、ただ一面《いちめん》の林《はやし》だけだったのです。

飛《と》ぶように歩《ある》くリングのリードを握《にぎ》りしめて、ミレイちゃんはやっとついてゆきます。

いったいどこを歩《ある》いているのか、ミレイちゃんにはわかりません。林《はやし》の間《あいだ》から、大《おお》きな鼻《はな》みたいな出《で》っ張《ば》りのある、映画《えいが》や写真《しゃしん》でしか見《み》たことのない古《ふる》いバスや、三輪《りん》の車《くるま》が走《はし》っているのが見《み》えたような気《き》がします。でも、それは、夢《ゆめ》だったのでしょうか。

気《き》がつくと、ミレイちゃんたちは、林《はやし》を抜《ぬ》けていました。そして、まだまぶしい夏《なつ》の光《ひかり》の残《のこ》る道《みち》を歩《ある》いていたのでした。

リングはゆっくりと歩《ある》いてゆきます。リードから伝《つた》わってくるのは、さっきまでの力《ちから》にあふれた若《わか》い犬《いぬ》のそれではなく、いつものリングのものでした。

「リング……どうして、リングには、あそこに行《い》ける力《ちから》があるの？　どうして、わたしを連《つ》れていってくれたの？」

リングは足《あし》を止《と》めると、見《み》えない目《め》でミレイちゃんを見上《みあ》げ、やさしく甘《あま》えるように鳴《な》いたのでした。

60　絵《え》の中《なか》で、いつまでも

「館《やかた》」に戻《もど》ると、ミレイちゃんは「緑《みどり》の部屋《へや》」の中《なか》に入《はい》りました。確《たし》かめたいことがあったのです。

ブラインドが下《お》りた部屋《へや》の中《なか》は真《ま》っ暗《くら》でした。電気《でんき》をつけると、淡《あわ》いだいだい色《いろ》の光《ひかり》に照《て》らされて、壁《かべ》にかけられた絵《え》たちが浮《う》かび上《あ》がります。かすかに絵《え》の具《ぐ》の匂《にお》いと、ちょっとハーブティーのような古《ふる》い家《いえ》の匂《にお》いが混《ま》じって、ほんのりと部屋《へや》の中《なか》にただよっていました。

「あった！」

ミレイちゃんは、一枚《まい》の絵《え》の前《まえ》で立《た》ち止《ど》まりました。

「ビーちゃん。やっぱり、あの人《ひと》たちだ」

「そうですね。ミレイちゃん」

「そして、やっぱり笑《わら》ってるのね」

その絵《え》を、ぼんやり見《み》つめていると、ミレイちゃんの肩《かた》に、だれかがそっと手《て》を置《お》きました。バーバです。

「見《み》たい絵《え》があったのかい？」

「うん」

ふたりは、何人《なんにん》もの男《おとこ》の人《ひと》が、こちらに向《む》かい、集合写真《しゅうごうしゃしん》のように並《なら》んでほほえんでいる絵《え》を、しばらく見《み》つめていたのでした。

バーバは、絵《え》を眺《なが》めながら、まるでひとりごとをつぶやくように、こういいました。

「昔《むかし》、『館《やかた》』には、たくさんの人《ひと》が来《き》た。鎌倉《かまくら》には、作家《さっか》や絵描《えか》きが多《おお》くって、そんな人《ひと》たちも来《き》た。この絵《え》の中《なか》の人《ひと》たちも、そんな人《ひと》たちだった。ほんとうに素敵《すてき》な人《ひと》たちだった。だから、描《か》いて残《のこ》そうと思《おも》ったんだよ」

「この人《ひと》たちのことを知《し》っているの？」

「ああ、あたしがまだ小《ちい》さい頃《ころ》からね。この、真《ま》ん中《なか》に、丸《まる》い眼鏡《めがね》をかけた人《ひと》がいるだろう？　この人《ひと》の家《いえ》は、駅《えき》からずっと行《い》った二階堂《にかいどう》の奥《おく》の方《ほう》にあった。林《はやし》の中《なか》の、小《ちい》さな日本家屋《かおく》だったよ。そこに、みんながよく集《あつ》まっていたんだ。そうそう、こんなことがあった。その頃《ころ》飼《か》っていた犬《いぬ》を連《つ》れて散歩《さんぽ》していたら、迷子《まいご》になってしまったんだ。姉《ねえ》さんが散歩《さんぽ》させているのがうらやましくて、黙《だま》って連《つ》れだしたんだ。そしたら、あたしはまだ小《ちい》さかったものだから、犬《いぬ》の力《ちから》に引《ひ》っ張《ぱ》られて、行《い》ったことがない場所《ばしょ》まで連《つ》れていかれた。こわくて、寂《さび》しくて、山《やま》の中《なか》で泣《な》いていたら、この人《ひと》が現《あらわ》れて、こういってくれたんだ。『どうしたんだね、お嬢《じょう》さん』って」

バーバはそういうと、林《はやし》の中《なか》でミレイちゃんに話《はな》しかけてくれた人《ひと》を指《ゆび》さしました。

「そしてね、この人《ひと》たちがいつも集《あつ》まっておしゃべりする『二階堂《にかいどう》の家《いえ》』まで連《つ》れていってもらったんだ」

「それから？」

「覚《おぼ》えているのは、それぐらいだ。なにしろ、あたしはまだ小《ちい》さかったからね」

バーバ。ミレイちゃんは、心《こころ》の中《なか》でこういいました。そのとき、バーバは、あの眼《め》鏡《がね》の人《ひと》の朗読《ろうどく》を聞《き》いたのね。きっとそう。

「どうかしたのかい？」

「ううん。なんでもないの」

61 不思議《ふしぎ》な気持《きも》ち

バーバと並《なら》び、「緑《みどり》の部屋《へや》」で、あの、林《はやし》の奥《おく》の家《いえ》で会《あ》った人《ひと》たちの絵《え》を見《み》ていたミレイちゃんがいいました。

「ねえ、バーバ」

「なんだい？」

「リングを連《つ》れて歩《ある》いているとね……不思議《ふしぎ》な……気持《きも》ちになるときがあるの」

ミレイちゃんは、ことばを選《えら》んで、いいました。だって、ほんとうに、あそこで起《お》こったことをしゃべっていいのかわからなかったからです。

「どんな気持《きも》ちになるんだい？」

「なんだか、ちがう世界《せかい》に入《はい》ってしまうみたいな感《かん》じがするの。そこは、確《たし》かに鎌倉《かまくら》で、何度《なんど》も歩《ある》いたところなんだけれど、空気《くうき》も景色《けしき》もちがって見《み》えて、まるで、ずっ

と昔《むかし》に戻《もど》ってしまったみたいな気《き》がするの。でも、わたしは、その昔《むかし》のことなんか、ぜんぜん知《し》らないのだけれど」

「ミレイちゃん」

「はい」

「あたしもそんな気《き》がするときがある」

「バーバも？」

「ああ。古《ふる》い家《いえ》の前《まえ》を歩《ある》いていると、だれかがすぐ横《よこ》を通《とお》りすぎた気《き》がして、思《おも》わず、ふり返《かえ》ったりする。いや、外《そと》に出《で》なくっても、この『館《やかた》』の、あたしの部屋《へや》で寝《ね》ているときにも、だれもいないはずなのに、だれかが部屋《へや》の前《まえ》を歩《ある》いている気配《けはい》がしたりする。そんなことをいうと、オバケだとか、気《き》のせいだとか、いわれるんだが、そうじゃないとあたしは思《おも》うんだ。この人《ひと》たちをごらん」

バーバは、絵《え》の中《なか》の人《ひと》たちを見《み》つめながら、いいました。

「とても素敵《すてき》な表情《ひょうじょう》をしている。それから、真《ま》っすぐ、あたしたちを見《み》ているだろう。あたしは、いまでもときどき、この人《ひと》たちが書《か》いたものを読《よ》むんだ。すると、ほんとうに不思議《ふしぎ》な気持《きも》ちになる」

「どんな気持《きも》ちになるの？」

「その人《ひと》たちが、目《め》の前《まえ》にいて、あたしに向《む》かって話《はな》しているような気持《きも》ちにだ。もう何《なん》十年《ねん》も前《まえ》に死《し》んでしまった人《ひと》たちなのに、この人《ひと》たちが書《か》いたことばは、まるでいま生《う》まれたばかりみたいなんだ。でも、ほんとうに、そうなのかもしれない。この人《ひと》たちは、ずっと未来《みらい》にいるあたしたちにしゃべっていたのかもしれない。この人《ひと》たちには、いまのあたしたちが、ミレイちゃん、おまえもね、見《み》えていたんだ。だから、生《い》きているような気《き》がするのかもしれないね」

気《き》がつくと、バーバはミレイちゃんの手《て》を握《にぎ》りしめていました。いつも、バーバは、ミレイちゃんが手《て》を握《にぎ》ってほしいな、と思《おも》うときには、そうしてくれるのです。

「あたしは、もういない人《ひと》たちの絵《え》を描《か》くようになって気《き》づいたんだ。あたしたちは忘《わす》れても、あの人《ひと》たちはあたしたちのことを忘《わす》れない。そして、ずっと見守《みまも》ってくれているんじゃないかってね」

62 二《に》階《かい》堂《どう》の家《いえ》

何日《なんにち》かたって、ミレイちゃんは、ビーちゃんと一緒《いっしょ》に、バーバに行《い》き方《かた》を教《おそ》わって、あの家《いえ》があるという二《に》階《かい》堂《どう》まで歩《ある》いてゆきました。

どこかうっすらと覚《おぼ》えている、林《はやし》の中《なか》の道《みち》を進《すす》んで、やがて、ミレイちゃんたちは、しげみの中《なか》に家《いえ》が何軒《なんげん》か見《み》える場《ば》所《しょ》に着《つ》きました。でも、どれがあの家《いえ》なのかわかりません。

困《こま》っていると、作業用《さぎょうよう》のズボンをはいて麦《むぎ》わら帽《ぼう》をかぶった、やさしそうなおじいさんが声《こえ》をかけてくれました。

「なにか探《さが》しているのかね」

「あの……このへんに、昔《むかし》、作家《さっか》だった人《ひと》たちが集《あつ》まった家《いえ》がなかったでしょうか」

「あの人《ひと》たちのことを知《し》っているのか。いまどき、めずらしいお嬢《じょう》さんだね。この、

すぐ近《ちか》くだ。ほら、見《み》てごらん。あのしげみのところ、わずかにすき間《ま》があるだろう？　そこに道《みち》がある。まあ、ほとんど自然《しぜん》に戻《もど》ってしまったからわかりにくいけれど、とにかく、その道《みち》を真《ま》っすぐ行《い》くと、壊《こわ》れかけた郵便受《ゆうびんう》けがあって、そこを下《お》りてゆくと、あんたの目的地《もくてきち》だ。でも、もうあの家《いえ》は長《なが》い間《あいだ》、人《ひと》が住《す》んでいないし、大家《おおや》さんも亡《な》くなったらしいから、どうなっていることか」

「ありがとうございます！」

「気《き》をつけてゆくんだよ」

ミレイちゃんは、いわれたとおり、びっしり生《は》えた草木《くさき》をかきわけながら、ヤブの中《なか》を進《すす》みました。そこが、以前《いぜん》は道《みち》だったとは信《しん》じられません。でも、ミレイちゃんは気《き》づいたのです。足《あし》もとに、ほんのわずかだけれど、敷石《しきいし》のかけらのようなものが残《のこ》っていることを。

ボロボロになってくち果《は》てた郵便《ゆうびん》受けの横《よこ》を通《とお》りすぎて、やっと、ミレイちゃんは「あの家《いえ》」の前《まえ》にたどり着《つ》きました。

確《たし》かに、わたしはここに来《き》た。ミレイちゃんはそう思《おも》いました。けれども、クモの巣《す》ばかり目立《めだ》つその家《いえ》は、外《そと》から板《いた》を打《う》ちつけられ、雨《あま》どいは落《お》ちて、音《おと》もなくひっそりたたずんでいるのでした。

「ビーちゃん」

ミレイちゃんは悲《かな》しそうにいいました。

「なんですか、ミレイちゃん」

「バーバは、建物《たてもの》は生《い》きている、っていったわよね。特《とく》に、古《ふる》い家《いえ》は。でも、この家《いえ》からは、わたし、なにも感《かん》じないの」

「ミレイちゃん。ミレイちゃんのバーバのいうとおりなら、きっと生《い》きているんだと思《おも》います。だって、そうじゃなければ、ぼくたちは、この前《まえ》、ここまで来《こ》られなかったんじゃないですか？」

「そうね。きっと、そう」

そういうと、ミレイちゃんは、「家《いえ》」に深々《ふかぶか》とおじぎをしました。

「この前《まえ》はありがとうございました。とても楽《たの》しかったです。ほんとうに」

ミレイちゃんは、そのまましばらく立《た》ちつくしていました。林《はやし》を抜《ぬ》けて、気持《きも》ちのいい風《かぜ》が吹《ふ》いてきます。そのとき、どこかでなにかが、かすかに動《うご》く気配《けはい》がしました。

ミレイちゃんは、心《こころ》をこめて、こういったのでした。

「さようなら。また、いつか」

63 「赤《あか》の部屋《へや》」へ

それはもう、ミレイちゃんが「館《やかた》」へ来《き》てだいぶたって、すっかり「館《やかた》」の暮《く》らしにも慣《な》れてきた頃《ころ》のことでした。

夕《ゆう》ご飯《はん》が終《お》わり、ミレイちゃんは、いつものように、テーブルに頬《ほお》づえをついて、バーバがしてくれるお話《はなし》を、夢中《むちゅう》になって聞《き》いていました。

どんなお話《はなし》だったのか、その一つ一つをミレイちゃんはよく覚《おぼ》えていません。ただ覚《おぼ》えているのは、どのお話《はなし》もおもしろくて、大切《たいせつ》で、そのお話《はなし》に出《で》てくる人《ひと》たちが、ほんとうに愛《いと》おしく思《おも》えるものばかりだったことでした。

たとえば、バーバが小《ちい》さい頃《ころ》仲《なか》よくしていた、「館《やかた》」にいつも魚《さかな》を届《とど》けてくれた漁《りょう》師《し》さんは、このあたりではとても有名《ゆうめい》で、ほかの漁師《りょうし》さんがまったく魚《さかな》がとれないような日《ひ》でも、ひとりで海《うみ》にこぎだすと、帰《かえ》りには、船《ふね》に魚《さかな》を山《やま》ほど積《つ》んで戻《もど》ってくる

ので、「名人《めいじん》」といわれていたのでした。

「その人《ひと》はね、真《ま》っ黒《くろ》に日焼《ひや》けして、ほとんどしゃべらないけれど、いつもニコニコ笑《わら》っていた。そう、あれは、あたしがおまえの年《とし》ぐらいの頃《ころ》だった。その人《ひと》はもう70も半《なか》ばを超《こ》えて、家族《かぞく》はずいぶん前《まえ》から、『もう引退《いんたい》してくださいな』といっていたんだ。『ひとりで、手《て》こぎで漁《りょう》に出《で》るなんて、あなたの年《とし》では無理《むり》ですよ』って。けれども、その人《ひと》は『わしは漁《りょう》が楽《たの》しいんだ』といって、やはり、ひとりで沖《おき》にこぎだしていった。ある日《ひ》、朝《あさ》から漁《りょう》に出《で》ていったその人《ひと》は、昼過《ひるす》ぎても帰《かえ》ってこなかった。漁師仲間《りょうしなかま》が、船《ふね》を連《つら》ねて沖《おき》まで探《さが》しに出《で》かけると、小《ちい》さな船《ふね》の中《なか》で死《し》んでいるその人《ひと》を見《み》つけた。顔《かお》にはおだやかな笑《え》みが浮《う》かんでいたそうだ。漁師《りょうし》たちが驚《おどろ》いたのは、その人《ひと》の船《ふね》の周《まわ》りには、まるでその人《ひと》の死《し》を悲《かな》しむように、ものすごい数《かず》の魚《さかな》たちが集《あつ》まっていたことだ。魚《さかな》たちにとって、その人《ひと》は『敵《てき》』ではなかったのかもしれないね」

ミレイちゃんは、一度《いちど》も会《あ》ったことのない、その漁師《りょうし》さんのことを思《おも》い浮《う》かべてみました。

その人《ひと》は、きっと、どこよりも海《うみ》の上《うえ》にいることが大好《だいす》きだったんだわ。だから、海《うみ》に出《で》かけた。漁《りょう》をしていて、具合《ぐあい》が悪《わる》くなった。胸《むね》が痛《いた》くなって、小《ちい》さな船《ふね》の上《うえ》で横《よこ》になった。透《す》き通《とお》るように青《あお》い空《そら》が見《み》えた。海《うみ》も青《あお》くて、まるで青《あお》い宇宙《うちゅう》の中《なか》に、たったひとりで浮《う》いているようだった。それから、ゆっくり、その人《ひと》は目《め》を閉《と》じた。船《ふね》のへりを打《う》つ波《なみ》の音《おと》と、空《そら》の高《たか》いところを吹《ふ》く風《かぜ》の音《おと》が聞《き》こえた。そして、その人《ひと》は最後《さいご》に、ほんとうに楽《たの》しそうにほほえんだ……そうだったらいいな、とミレイちゃんは思《おも》ったのでした。

気《き》がつくと、バーバがミレイちゃんの顔《かお》を見《み》つめています。

「さて」バーバはいいました。

「おまえには、『館《やかた》』のことをだいぶ話《はな》した。だから、もうそろそろいいだろう」

「なにが？　なにが、いいの？」

「ミレイちゃん、『赤《あか》の部屋《へや》』に入《はい》ってみるかい？」

64 その前夜《ぜんや》

「えっ！　あの部屋《へや》に入《はい》っていいの？」

ミレイちゃんは思《おも》わず叫《さけ》びました。ずっと気《き》になっていた、あの「赤《あか》の部屋《へや》」に入《はい》っていいとバーバがいったからでした。

「ああ、もう頃合《ころあ》いだからね」

「ねえ、バーバ」

「なんだい？」

「いつか見《み》せてもらえるなら、最初《さいしょ》からでもよかったんじゃないかしら」

「ハッハッハッ。おまえのいうとおりなのかもしれないがね。けれど、『館《やかた》』は生《い》きている、といったろう？　『館《やかた》』は、人《ひと》みしりなんだ。初対面《しょたいめん》の相手《あいて》には、なかなか、ほんとうの気持《きも》ちを教《おし》えてくれない。もう、おまえはここの住人《じゅうにん》なんだ。『館《やかた》』は、おまえになら、もうなんでも教《おし》えてくれる。そう思《おも》ったから、入《はい》っていいといったのさ。でも、もう夜《よる》だ。入《はい》るのは、あしたにしよう」

その晩《ばん》、寝《ね》る前《まえ》にミレイちゃんは、家《いえ》に電話《でんわ》をかけました。応接間《おうせつま》にあった、真《ま》っ黒《くろ》で、小《ちい》さな穴《あな》に指《ゆび》を突《つ》っこんで回《まわ》す回転盤《かいてんばん》がついた、とても古《ふる》い電話機《でんわき》からです。「館《やかた》」に来《き》てから初《はじ》めてのことでした。

「おとうさん！」

「あああ！　ミレイちゃんじゃないか、元気《げんき》かい！　えっと、えっと……ご飯《はん》、食《た》べた？　えっと、えっと……ご飯《はん》、食《た》べた？　えっとえっと……」

いつものおとうさんです。なんだか、ミレイちゃんはおかしくなりました。

「おとうさん。わたし、ちゃんと、ご飯食《はんた》べてるわ。ねえ、おかあさんに代《か》わって」

「もう……代《か》わるのか……わかった。ちゃんと、ご飯食《はんた》べるんだよ」

「うん」

おとうさんは、ミレイちゃんともっと話《はな》していたそうでした。でも、結局《けっきょく》、「ご飯《はん》、食《た》べた？」ぐらいしか話《はな》さないんですけどね。ごめん、おとうさん。帰《かえ》ったら、いっぱいしゃべってあげるから。

「ミレイちゃん！」

「わあ、おかあさんだ！」

「元気《げんき》そうな声《こえ》ね。よかった」

久《ひさ》しぶりのおかあさんの声《こえ》でした。ミレイちゃんは、なんだか胸《むね》がいっぱいになりました。だって、こんなにずっと、離《はな》れて暮《く》らすのは、生《う》まれて初《はじ》めてだったんです。

「どう？『館《やかた》』には慣《な》れた？　ママ……いえ、バーバは優《やさ》しくしてくれる？」

「うん。バーバはすごく優《やさ》しいよ。いっぱいお話《はなし》もしてくれる。『館《やかた》』のことや、『館《やかた》』で暮《く》らしていた人《ひと》たちのことを。それにね、おかあさん。いろんなことがあったんだ」

「そうか。ミレイちゃんも、もう『館《やかた》の娘《むすめ》』になったんだね」

「ねえ、おかあさん。あした、バーバが『赤《あか》の部屋《へや》』を見《み》せてくれるって」

「ミレイちゃん」

「なに？」

「楽《たの》しみにしていてごらん。ミレイちゃんの驚《おどろ》くものが、あの部屋《へや》にあると思《おも》うから」

65 もう一匹《ぴき》の……

ぶ厚《あつ》いカーテンが開《あ》けられると、光《ひかり》が部屋《へや》の隅々《すみずみ》にまで差《さ》しこみました。

「久《ひさ》しぶりだね。この部屋《へや》に入《はい》るのは」

バーバはカーテンを開《あ》けながら、そういいました。

ミレイちゃんは、古《ふる》い家具《かぐ》やベッドの置《お》かれた「赤《あか》の部屋《へや》」の真《ま》ん中《なか》にたたずんでいました。なめした革《かわ》、甘《あま》いお菓子《かし》、タンスの奥《おく》にしまいこんだ服《ふく》……そんな、とてもたくさんの匂《にお》いがただよっているような気《き》がします。

「不思議《ふしぎ》な匂《にお》いがするだろう」

ミレイちゃんはうなずきます。

「この部屋《へや》には、たくさんのものがあったし、たくさんのことが起《お》こった。それらみんなが合《あ》わさった『時間《じかん》の香水《こうすい》』の匂《にお》いなんだよ」

部屋《へや》につながるサンルームに入《はい》ったバーバは窓《まど》を押《お》し開《あ》けました。すると、今度《こんど》は外《そと》から、なんともいえない、甘《あま》い匂《にお》いが押《お》し寄《よ》せてきたのです。なんだろう。

「あっ……」

ミレイちゃんは声《こえ》を上《あ》げました。窓《まど》の外《そと》が、一面《いちめん》、あの赤《あか》いさるすべりの花《はな》でうめつくされていたのです。

「サンルームはさるすべりの樹《き》のすぐ横《よこ》だ。だから、この季節《きせつ》には、窓《まど》を開《あ》けると、目《め》の前《まえ》は火《ひ》のように赤《あか》いさるすべりでいっぱいになる。『館《やかた》』の中《なか》で、さるすべりの花《はな》に囲《かこ》まれているのはこの部屋《へや》だけだ。だから、『赤《あか》の部屋《へや》』っていわれているんだよ。大《おお》バーバは、よく、ここでロッキングチェアに腰《こし》かけ、窓《まど》を開《あ》けて、さるすべりの甘《あま》い匂《にお》いに囲《かこ》まれながら、いつまでもずっと眺《なが》めていたっけ」

「ほんとうに、とてもいい匂《にお》いがするのね」

「そうだろう？　さるすべりの花《はな》は樹《き》の高《たか》いところに咲《さ》くから、どんな匂《にお》いがするのか知《し》らない人《ひと》が多《おお》い。こんなに甘《あま》い匂《にお》いがするなんてね。大《おお》バーバは、リンデン、いや……菩提樹《ぼだいじゅ》の油《あぶら》はこんな匂《にお》いがするのよ、っていっていたっけ」

ミレイちゃんは窓《まど》に近《ちか》づきました。数《かぞ》えきれないほどたくさんのさるすべりの花《はな》が、手《て》の届《とど》くところにあります。そして、その花《はな》は、この「館《やかた》」を焼《や》きつくそうとしているかのように、みごとに赤《あか》く咲《さ》き誇《ほこ》っていたのでした。

「さて」

さるすべりに目《め》を奪《うば》われていたミレイちゃんに、バーバが声《こえ》をかけました。

「おまえに会《あ》わせたい子《こ》がいるんだ。こっちへ来《き》てごらん」

ミレイちゃんはふり向《む》くと、バーバに近寄《ちかよ》りました。そして、「それ」を見《み》つけた瞬間《しゅんかん》、驚《おどろ》きのあまり、息《いき》をのんだのです。

ベッドの横《よこ》の小《ちい》さな木《き》の椅子《いす》に、一匹《ぴき》のぬいぐるみが座《すわ》っていました。それは、毛《け》がほとんど抜《ぬ》けてボロボロになった、見《み》たこともないほど古《ふる》い、クマのぬいぐるみでした。

「紹介《しょうかい》しよう。この子《こ》の名前《なまえ》は『ビーちゃん』だ。もう一匹《ぴき》の『ビーちゃん』ってことになるね」

66　ベルリン、1920

ミレイちゃんは、なにもいわず、ただ真《ま》っすぐ、そのぬいぐるみを見《み》つめていました。

よく見《み》ると、かすかに抜《ぬ》け残《のこ》った毛《け》はあるけれど、皮《ひ》ふのところの布《ぬの》はすっかり薄《うす》くなって、触《さわ》れば、すぐに破《やぶ》れてしまいそうです。でも、ミレイちゃんには、すぐにわかりました。この子《こ》が、どんなに愛《あい》されてきたかが！

長《なが》い月日《つきひ》を旅《たび》してきたその子《こ》は、いままで見《み》た、どんなぬいぐるみよりも、おだやかで優《やさ》しく、ほんとうにほほえんでいるようにしか見《み》えない表情《ひょうじょう》を浮《う》かべていたのでした。

「バーバ……」

ようやく、ミレイちゃんは声《こえ》を出《だ》しました。

「そ……その子《こ》も、ビーちゃん……なの？」

「ああ、そうだ。どうして、『ビーちゃん』という名前《なまえ》がついたかわかるかい？」

「わからない！」

「ドイツ語《ご》で、子熊《こぐま》のことをベーアリンというんだが、その『ベーアリン』ということばが、そのまま名前《なまえ》としてつけられたんだ。でも、子《こ》どもにはうまく発音《はつおん》できなくて『ビーちゃん』になったらしいね」

「そうなの？」

ビーちゃんは、ミレイちゃんが生《う》まれたときからビーちゃんでした。どうしてビーちゃんなのか、ミレイちゃんは考《かんが》えたこともありません。もしかすると、ミレイちゃんのビーちゃんの名前《なまえ》も、そうやってつけられたのでしょうか。

「この子《こ》は、大《おお》バーバのおとうさん、つまり、あたしのおじいさんが、1920年《ねん》にドイツのベルリンで買《か》ったものだ。だから、100歳《さい》くらいになるだろう。シュタイフ社《しゃ》のテディベアだよ」

「バーバのおじいさんは、なにをしていたの？」

「おじいさんは外交官《がいこうかん》だった。学校《がっこう》で習《なら》ったことがあるかもしれないが、その頃《ころ》、世《せ》界中《かいじゅう》で大《おお》きな戦争《せんそう》があった。日本《にほん》が負《ま》けた第《だい》二次世界大戦《じせかいたいせん》の前《まえ》の第《だい》一次世界大戦《じせかいたいせん》だ。

「その戦争《せんそう》が終《お》わった頃《ころ》、おじいさんは、ベルリンにいた」

「どうして、ぬいぐるみを買《か》ったの？」

「……おじいさんには、仲《なか》のいい友《とも》だちがいた。その友《とも》だちは武官《ぶかん》といってね、おじいさんとちがって軍人《ぐんじん》だったけれど、外交官《がいこうかん》の仕事《しごと》もしていたんだ。あるとき、ふたりが、ドイツでいちばん大《おお》きい街《まち》だったベルリンの繁華街《はんかがい》を歩《ある》いていると、その友《とも》だちが、おもちゃ屋《や》の前《まえ》で立《た》ち止《ど》まった。『どうしたんだい？』とおじいさんがいったら、その友《とも》だちは『可愛《かわい》いぬいぐるみがある』と答《こた》えた。『まさか、軍人《ぐんじん》の君《きみ》がぬいぐるみに興味《きょうみ》があるとは知《し》らなかった』っておじいさんがいったら、その友《とも》だちは『子《こ》どもが生《う》まれたといったろう。お土産《みやげ》だ』と答《こた》えたんだ。ふたりは、おもちゃ屋《や》に入《はい》った。戦争《せんそう》が終《お》わったあとで、ベルリンはまだ、食料《しょくりょう》でもなんでも不足《ふそく》していたらしいね。そのぬいぐるみが、ふたりにはまぶしく見《み》えたんだろう。ふたりは一匹《ぴき》ずつ、ぬいぐるみを買《か》ったんだ」

「一匹《ぴき》ずつ？」

67 最後《さいご》の日《ひ》

バーバは、そっと、そのぬいぐるみに触《ふ》れながら、こういいました。
「もう一匹《ぴき》、この子《こ》と同《おな》じぬいぐるみがいたんだ。二匹《ひき》の『ビーちゃん』は、海《うみ》を渡《わた》って、この国《くに》に来《き》た。一匹《ぴき》は、もう生《う》まれていた赤《あか》ん坊《ぼう》のところに来《き》たが、もう一匹《ぴき》は、しばらく待《ま》たされることになった。それが『館《やかた》』に来《き》た方《ほう》、この『ビーちゃん』だ。『館《やかた》』に赤《あか》ん坊《ぼう》が生《う》まれたのは、海《うみ》を渡《わた》って5年《ねん》あとになる。そう、大《おお》バーバが生《う》まれたんだ。それからは、この子《こ》と大《おお》バーバは、どんなときも一緒《いっしょ》だった。おまえと同《おな》じようにね」
ミレイちゃんは、思《おも》わず、ビーちゃんを強《つよ》く抱《だ》きしめました。
「大《おお》バーバが結婚《けっこん》して、あたしたちが生《う》まれたあとは、あたしの姉《ねえ》さんも、あたしも、この子《こ》と一緒《いっしょ》に寝《ね》たんだ。ほかのぬいぐるみもいたけど、やっぱり『ビーちゃん』がいちばんだった。この子《こ》は、何十年《なんねん》も、『館《やかた》』で可愛《かわい》がられてきた。ごらん、ほんとうにボロボロだ。手《て》も足《あし》も耳《みみ》も、みんな一度《いちど》はとれたことがある。そのたびに直《なお》した。あたしたちがおとなになって、『ビーちゃん』は、大《おお》バーバのところに戻《もど》った。実《じつ》は、おまえのかあさんも、小《ち》さい頃《ころ》、この『ビーちゃん』と寝《ね》たがっていた。でも、大《おお》バーバは、こういったんだ。『ほんとうはそうしてあげたいし、「ビーちゃん」もそれを望《のぞ》んでいると思《おも》う。でもね、もう、この子《こ》はすっかり年《とし》をとって、子《こ》どもと遊《あそ》ぶことができなくなったの。ごめんね』ってね。だから、おまえのかあさんには、この子《こ》によく似《に》た顔《かお》つきの、同《おな》じシュタイフ社《しゃ》のぬいぐるみを選《えら》んだ。それが、おまえのビーちゃんさ」

「……そうだったのね……」

「大《おお》バーバのところに戻《もど》ってからはずっと、この子《こ》は、この『赤《あか》の部屋《へや》』の、その椅《い》子《す》の上《うえ》にいた。もちろん、最後《さいご》の日《ひ》もね」

「最後《さいご》の日《ひ》って？」

「大《おお》バーバが亡《な》くなった日《ひ》だ。大《おお》バーバは、病気《びょうき》になって、何度《なんど》も入院《にゅういん》と退院《たいいん》をくり返《かえ》した。あのときは少《すこ》し、具合《ぐあい》がよくなって、『館《やかた》』に戻《もど》ってきたんだ。大《おお》バーバが『館《やかた》』に戻《もど》りたがっていたし。いや、この部屋《へや》に戻《もど》りたかったんだろう。いまでも、あたしはよく覚《おぼ》えている。医者《いしゃ》も、しばらくは大丈夫《だいじょうぶ》だろう、っていっていたっけ。あたしは、『かあさん、なにかあったら、ベルを鳴《な》らしてね』っていった。すると、大《おお》バーバは『気分《きぶん》がいいから心配《しんぱい》しないで』っていったんだ。それが、あたしの聞《き》いた、大《おお》バーバの最後《さいご》のことばになった。翌朝《よくあさ》、この部屋《へや》に入《はい》ると、大《おお》バーバは静《しず》かにねむるように亡《な》くなっていた。最初《さいしょ》は寝《ね》ているんだと思《おも》ったぐらいだ。『館《やかた》』中《じゅう》から、みんながあわてて集《あつ》まってきた。でも、不思議《ふしぎ》なことがあったんだ」

「不思議《ふしぎ》なこと？」

「ああ。前《まえ》の晩《ばん》には、ベッドの周《まわ》りにはなにもなかったのに、大《おお》バーバが亡《な》くなったそのときには、ベッドのすぐ横《よこ》に椅子《いす》が置《お》いてあって、その上《うえ》に、この子《こ》が座《すわ》っていた。そして、閉《し》めたはずの窓《まど》が開《あ》いていて、さるすべりの花《はな》びらが部屋《へや》に入《はい》りこんでいたんだ」

68 ほんとうの冒険《ぼうけん》

「あれは、ほんとうに不思議《ふしぎ》だった」
バーバは、開《あ》けられたままの窓《まど》を見《み》つめながらいいました。
「いまみたいに、窓《まど》が開《あ》いて、美《うつく》しいさるすべりの花《はな》が咲《さ》いているのが見《み》えた。だれが窓《まど》を開《あ》けて、この『ビーちゃん』をベッドのそばまで連《つ》れてきたんだろう。大《おお》バーバに、そんな力《ちから》が残《のこ》っていたんだろうか。でも、『館《やかた》』の人《ひと》たちは、それ以上《いじょう》は考《かんが》えなかった。ただ『よかった』と思《おも》ったんだ。大《おお》バーバが、ひとりで寂《さび》しく死《し》んだんじゃなく、大好《だいす》きだったこの子《こ》にみとられて亡《な》くなったことをね。最後《さいご》にこの子《こ》とどんな話《はなし》をしたんだろう。子《こ》どもの頃《ころ》のことだろうか、それとも……」
少《すこ》しの間《あいだ》、バーバは黙《だま》っていました。ミレイちゃんも黙《だま》って、バーバの次《つぎ》のことばを待《ま》っていたのでした。

「……あたしとちがって、大《おお》バーバは、いくつになっても少女《しょうじょ》のような人《ひと》だった。あたしとちがって、おとなになってからも、とても可愛《かわい》らしかった。あたしは、いつも怒《おこ》られてたよ。『アヤさん、ほんとに乱暴《らんぼう》ね。もう少《すこ》し、女《おんな》の子《こ》らしくしなさいな』って。あたしはすぐ口答《くちごた》えした。『かあさん、男女同権《だんじょどうけん》だよ。〝女《おんな》の子《こ》らしく〟なんかしたくないね、あたしは』って。でもね、口《くち》では『そんなはしたない格好《かっこう》はよしなさい』とか『もっと女《おんな》の子《こ》らしく』っていうんだが、だれもいないところでは、あたしの耳《みみ》もとでこういってた。『アヤさん、あなたの好《す》きになさい。自由《じゆう》におやりなさい。他人《たにん》のいうとおりに生《い》きちゃダメよ』って。結局《けっきょく》、あたしは大《おお》バーバの望《のぞ》むようには生《い》きられなかった。大《おお》バーバは、おまえのかあさんみたいに、自由《じゆう》に生《い》きたかったんじゃないかと思《おも》うんだ……そう、この部屋《へや》は、もともと子《こ》ども部屋《べや》だった。大《おお》バーバのための部屋《へや》ね。だから、大《おお》バーバは、この部屋《へや》で育《そだ》ち、多《おお》くの時間《じかん》を過《す》ごして、死《し》んだんだ。大《おお》バーバが、ほんとうに大切《たいせつ》にしていたものは、ここに置《お》いてある。もちろん、全部《ぜんぶ》じゃないがね。古《ふる》い本《ほん》や雑誌《ざっし》、着《き》ていた服《ふく》、手紙《てがみ》、日記《にっき》、16ミリの映写機《えいしゃき》なんてものまである。好《す》きなときに、ゆっくり見《み》るがいい。大《おお》バーバも、おまえなら、きっと喜《よろこ》んでくれるだろう」

その晩《ばん》、ミレイちゃんは、胸《むね》がいっぱいで、そして、考《かん》えることもたくさんありすぎて、なかなか寝《ね》つくことができませんでした。

「ビーちゃん、わたしねむれそうにない！」

「ぼくもですよ！」

「『館《やかた》』に、ビーちゃんと同《おな》じ名前《なまえ》の『ぬいさん』がいたなんてね！」

「大先輩《だいせんぱい》でした！」

「でも、同《おな》じ『ぬいさん』が、もう一匹《ぴき》いるはずね。その子《こ》は、どうしたんだろう。それから、確《たし》か、大《おお》バーバは亡《な》くなる前《まえ》に、子《こ》どもの頃《ころ》の肖像画《しょうぞうが》を描《か》いてもらおうとしたのよね。なぜなんだろう。それから……」

夜《よる》が深《ふか》まってゆきました。でも、ミレイちゃんは「ほんとうの冒険《ぼうけん》」がすぐ近《ちか》くにまで来《き》ていることを、まだ知《し》らなかったのでした。

69 魔《ま》法《ほう》の夜《よる》に

夜《よる》は深《ふか》くなってゆきました。そして、あの、あらゆる生《い》きものがいちばん深《ふか》くねむりこむ時間《じかん》になったのでした。

ミレイちゃんもビーちゃんも、バーバも、離《はな》れたところにいるミレイちゃんのおとうさんやおかあさんもねむっていました。きっと、あなたたちだって、ねむっているはずです。

けれども、そんな夜《よる》、そんな時間《じかん》に、起《お》きているものもいたのでした。

ミレイちゃんは、夢《ゆめ》を見《み》ていました。ミレイちゃんは、樹《き》の下《した》に立《た》っています。樹《き》には、たくさんの、みごとに赤《あか》い花《はな》が咲《さ》いています。この夢《ゆめ》、ひさしぶりだわ。

突然《とつぜん》、ミレイちゃんは、その樹《き》の向《む》こうに、だれかが座《すわ》っていることに気《き》づきまし

た。手《て》を伸《の》ばせば届《とど》きそうなほど近《ちか》くに。そんなことは初《はじ》めてです。声《こえ》が聞《き》こえました。樹《き》の向《む》こうで、だれかがしゃべる声《こえ》が。だれに向《む》かって？　いえ、その声《こえ》は、話《はな》しかけているのではなく、まるで、詩《し》を朗読《ろうどく》しているようでした。

「……いつか、ぼくがおまえを失《うしな》うようなことがあれば、
おまえはそれでも眠《ねむ》れるだろうか、
菩提樹《ぼだいじゅ》の樹冠《じゅかん》のように、おまえの頭《あたま》の上《うえ》でいつまでも愛《あい》の言葉《ことば》を囁《ささや》くぼくなしで
……」

その声《こえ》が不意《ふい》にやみました。そして、優《やさ》しさのこもった調子《ちょうし》で、こういったのです。

「そこにいるのはだれ？」

ミレイちゃんは、夢《ゆめ》の底《そこ》から勢《いきお》いよく浮《う》かび上《あ》がりました。

どこからかなにかの音《おと》が聞《き》こえています。「……振《ふ》り子時計《こどけい》の音《おと》だわ……」

そうです。「館《やかた》」に来《き》た最初《さいしょ》の晩《ばん》に聞《き》いた、あの、もう長《なが》い間動《あいだうご》いていないはずだった振《ふ》り子時計《こどけい》のカチカチいう音《おと》です。そして、今度《こんど》は、深《ふか》い闇《やみ》の向《む》こうから、時計《とけい》が時《とき》を打《う》つ音《おと》が聞《き》こえてきたのです。

「ビーちゃん……ビーちゃんってば」

ミレイちゃんは、小《ちい》さな声《こえ》でいいました。

「……なんですか……ミレイちゃん……もう朝《あさ》ですか……まだ夜中《よなか》じゃないですか！」

「ビーちゃん、聞《き》こえた？　あの時計《とけい》の音《おと》よ」

「……確《たし》かに……そうみたいですね」

ミレイちゃんは、ベッドの中《なか》で、聞《き》こえてくる時計《とけい》の音《おと》にじっと耳《みみ》を澄《す》ませていました。

「ビーちゃん、行《い》こう」

「どこに、ですか？」

「最初《さいしょ》の晩《ばん》と同《おな》じだわ。みんなが寝《ね》ているのに、この『館《やかた》』は起《お》きてるのよ。なにが起《お》こっているのか、今度《こんど》こそ確《たし》かめるの！」

「……ちょっとこわいなあ……」

「なに？　行《い》かないっていうの？」

「行《い》きます！　一緒《いっしょ》に行《い》くに決《き》まってるでしょ！　もう……ひとりで行《い》かせるわけにいかないじゃないですか」

そして、ひとりと一匹《ぴき》は、いちばん深《ふか》い夜《よる》の底《そこ》に向《む》かって歩《ある》きだしたのです。

『リルケ詩集』（リルケ著、高安国世訳、岩波文庫）から

70 「赤《あか》の部屋《へや》」の住人《じゅうにん》

ミレイちゃんは、昼間《ひるま》に入《はい》った「赤《あか》の部屋《へや》」の扉《とびら》の前《まえ》に立《た》っていました。扉《とびら》のすき間《ま》から、光《ひかり》がもれてきます。

「ビーちゃん」

「はい」

「ノックした方《ほう》がいいかしら」

「そうですね。一般的《いっぱんてき》に、それが礼儀《れいぎ》正《ただ》しいと思《おも》われていますが、なにしろ……」

「わかったわ。もしかしたら、中《なか》にオバケがいるかもしれないんでしょ？」

「そんなことといってません……」

「弱虫《よわむし》なのね、ビーちゃんは。じゃあ、静《しず》かに入《はい》るわね」

そういうと、ミレイちゃんは、扉《とびら》をそっと押《お》し開《あ》けました。もちろん、小《ちい》さな小《ちい》さ

な声《こえ》で「失礼《しつれい》ですが、入《はい》らせていただきます」とつぶやきながら。

部屋《へや》は静《しず》まり返《かえ》っていました。窓《まど》は閉《し》まり、部屋《へや》の中《なか》は、ぼんやりした淡《あわ》い明《あ》かりに照《て》らされています。部屋《へや》の真《ま》ん中《なか》にベッドがありました。ミレイちゃんが、少《すこ》しずつベッドに近《ちか》づいていくと……。

「だあれ？」

ベッドからだれかの声《こえ》がしました。そして、そのだれかはゆっくりと体《からだ》を起《お》こしたのです。ミレイちゃんは、叫《さけ》び声《ごえ》を上《あ》げそうになるのをこらえるのがやっとでした。だって、そこにいたのは、おかっぱで、可愛《かわい》らしい浴衣《ゆかた》の寝間着姿《ねまきすがた》の、自分《じぶん》とそっくりの女《おんな》の子《こ》だったのですから！

「あなた、だれ？　幽霊《ゆうれい》？　それとも、座敷《ざしき》わらしなの？　よく、女中《じょちゅう》のキヨが、『お嬢《じょう》さま、この「館《やかた》」には、オバケが住《す》んでいますよ』っていってたから、それがあなたなの？　まあ、あたしそっくりだわね！　ムネヒコお兄《にい》さまから教《おし》えていただいたポオの小説《しょうせつ》には、自分《じぶん》とそっくりのドッペルゲンガーが出《で》ていたわ。分身《ぶんしん》みたいなものなんですって。でも、そのドッペルゲンガーを見《み》ると死《し》んでしまうっていうわね。そんなの、ご本《ほん》の中《なか》のお話《はなし》だと思《おも》うけれど。わかった！　きっと、あなたは、この『館《やかた》』に住《す》んでいる妖精《ようせい》かなにかなのでしょう？　なぜ、人間《にんげん》の前《まえ》に出《で》てきたの？　そういえば、さっき、振《ふ》り子《こ》時計《どけい》が三つ打《う》つ音《おと》が聞《き》こえたから、『この世《よ》のものならぬなにか』が出《で》てくる時間《じかん》なのかもしれないわね。いくらおてんばのあたしだって、ふだんは、こんな時間《じかん》に起《お》きていることはないわ。でも、ラジオの中継《ちゅうけい》を聞《き》いて、すっかり興奮《こうふん》してしまったんですもの。ほんとうは起《お》きていてはいけない時間《じかん》だったけれど、おとうさまにお願《ねが》いして聞《き》かせていただいたわ。あなたも聞《き》いたでしょう？　ベルリンオリンピックの水泳《すいえい》でマエハタが勝《か》ったのよ！　オリンピックで日本人《じん》の女性《せい》が勝《か》ったのは初《はじ》めてですって。ゲネンゲルが2着《ちゃく》。『マエハタ、マエハタ、がんばれ！　がんばれ！　がんばれ！』って、ほんとうにものすごかったわね。あんなラジオ放送《ほうそう》聞《き》いてしまったものだから、ねむれなくなってしまっても無理《むり》はないでしょ？」

71 昭和《しょうわ》11年《ねん》、夏《なつ》

これは夢《ゆめ》のつづきなのかしら。
ミレイちゃんは、その、自分《じぶん》とそっくりの女《おんな》の子《こ》が、勢《いきお》いよくしゃべるのを黙《だま》って見《み》ていました。その女《おんな》の子《こ》は、バーバが教《おし》えてくれた大《おお》バーバなのでしょうか。でも、大《おお》バーバは可愛《かわい》くて、おとなしい女《おんな》の子《こ》だって、いってなかったかしら。
「あなたも、あたしのことおてんばだと思《おも》ってるでしょ？ でも、人前《ひとまえ》では、女《おんな》の子《こ》らしくしているわ。タカイのおじさまがハーレーのオートバイに乗《の》って『館《やかた》』にいらしたときは別《べつ》よ。『ミサトさん、後《うし》ろに乗《の》ってみるかい？ １９２２年型《ねんがた》だ。これは陸軍《りくぐん》のものじゃなく、わしが個人《こじん》で持《も》ってるやつじゃよ』っていわれて、後《うし》ろに乗《の》せていただいたときは、おとうさまにしかられたけれどね。タカイのおじさまは知《し》ってるわね？　ムネヒコお兄《にい》さまのおとうさまよ。陸軍《りくぐん》のえらい方《かた》なの。あたしはもちろん、軍人《ぐんじん》は好《す》きじゃないわ。タカイのおじさまは別《べつ》だけれど。でも、ほんとうにどうなるのかしら。学校《がっこう》でも、みんなに聞《き》かれるの。『ミサトさんのおとうさまは、有名《ゆうめい》な外交官《がいこうかん》でしょ？　ほんとうに中国《ちゅうごく》と戦争《せんそう》が始《はじ》まるの？』って。おとうさまに聞《き》いても『そんなことはわからない。始《はじ》まらないのがいいに決《き》まってる』っておっしゃるだけ。この間《あいだ》、おとうさまがタカイのおじさまに話《はな》しているのを、こっそり聞《き》いてしまったの。『大戦直後《たいせんちょくご》はよかった。〝軍縮《ぐんしゅく》〟ということばが世間一般《せけんいっぱん》にしみとおっていた。確《たし》かに、きみたち軍人《ぐんじん》にとって生《い》きにくい世《よ》の中《なか》だったことは事実《じじつ》だろう。〝軍人《ぐんじん》には嫁《よめ》にやるな〟ということばがあったぐらいだからね。けれども、もうなにもかも変《か》わってしまった。一に軍人《ぐんじん》、二に軍人《ぐんじん》、三、四がなくて、五が軍人《ぐんじん》の世《よ》の中《なか》になってしまった』って。いったい、どうなるのかしら？　でも、タカイのおじさまは、ドイツにお知《し》り合《あ》いが多《おお》くて、ナチスの方《かた》たちとも懇意《こんい》にされているけれど、今《こん》度《ど》の映画《えいが》の企画《きかく》にも力《ちから》を貸《か》していらっしゃるのよ」

「……映画《えいが》って？」

ミレイちゃんは、やっとことばを差《さ》しはさむことができました。

「まあ、あなた、なにも知《し》らないのね！　あんなに新聞《しんぶん》に書《か》かれているのに。ほら、初《はじ》めての日独合作映画《にちどくがっさくえいが》、『新《あたら》しき土《つち》』よ。企画《きかく》をされたカワキタのおじさまも近《ちか》くに住《す》んでいらっしゃるから、この前《まえ》、監督《かんとく》のファンク博士《はかせ》やイタミさんをお招《まね》きして『館《やかた》』でパーティーをしたのよ。主演《しゅえん》をなさるハラセツコさんもいらしたけど、あんなにきれいな方《かた》、初《はじ》めて！　あたしと五つしかちがわないのに」

ミレイちゃんは、目《め》の前《まえ》にいる、自分《じぶん》そっくりで、でも、強《つよ》いまなざしの女《おんな》の子《こ》の話《はなし》にすっかり聞《き》き入《い》ってしまっていたのです。

「あっ！」

その女《おんな》の子《こ》は、ビーちゃんを指《ゆび》さしながら、いいました。

「その子《こ》、可愛《かわい》いわね。お名前《なまえ》は？」

「……ビーちゃん……です」

「ええっ！　あたしの子《こ》と同《おな》じだ！」

72 ぬいぐるみたち

ミレイちゃんの腕《うで》の中《なか》のビーちゃんを見《み》た女《おんな》の子《こ》は、大《おお》きな、薄手《うすで》の夏用布団《なつようぶとん》の下《した》から、一匹《ぴき》のぬいぐるみを取《と》り出《だ》しました。

「この子《こ》の名前《なまえ》もビーちゃんなのよ」

「ああ……」

ミレイちゃんにいうことができたのは、それだけでした。女《おんな》の子《こ》が持《も》っていたのは、あの、バーバが見《み》せてくれた、100歳《さい》くらいになるというぬいぐるみにちがいありません。もちろん、ミレイちゃんが見《み》た、あのボロボロの姿《すがた》ではありませんでしたけれど。

「この子《こ》は、おとうさまとタカイのおじさまがベルリンにいらしたとき、見《み》つけたの。タカイのおじさまは、ムネヒコお兄《にい》さまのために買《か》われたのだけれど、おとうさまは、

『これから生《う》まれてくるだろう子《こ》ども』のために買《か》われたのね。でも、あたしが生《う》まれたのは、それから5年《ねん》も後《あと》だったの。『ビーちゃん』という名前《なまえ》をつけたのは、もちろんムネヒコお兄《にい》さまよ。あたしが生《う》まれた後《あと》、この子《こ》と一緒《いっしょ》にいると、いつも、お兄《にい》さまが『ビーちゃん』って呼《よ》ぶものだから、あたしも、そう呼《よ》ぶようになってしまった。その子《こ》はどうしてビーちゃんなの？」

「えっと……ビーちゃんは、おかあさんが持《も》っていたものだから、わたしが生《う》まれたときには、もう、この名前《なまえ》だったの」

「そうなの！　あなたもぬいぐるみを持《も》っていて、その名前《なまえ》が、偶然《ぐうぜん》、『ビーちゃん』だなんて。あなた、まちがいなく、『館《やかた》』の妖精《ようせい》さんね」

どう返事《へんじ》をしていいのかわからないミレイちゃんがもじもじしていると、女《おんな》の子《こ》はいいました。

「ねえ、あなた、あたしのお友《とも》だちになってくださらない？」

「どうして……というか、あなた、こわくないの？」

「こわくないわ。こわいのは人間《にんげん》よ。これは、おとうさまの口《くち》ぐせだけど。『二・二六』で、兵士《へいし》たちが反乱《はんらん》を起《お》こして、大臣《だいじん》たちを殺《ころ》したでしょう？　あのときは、ほんとうにこわかったわ。あんなことが起《お》こるんですもの、なにが起《お》こるかわかりはしない。でも、タカイのおじさまは、決《けっ》して『黒幕《くろまく》』なんかではないのよ。だって、あのときも、おとうさまに『ほんとうに困《こま》ったことだ』っておっしゃっていたもの……ごめんなさい、これは余計《よけい》な話《はなし》ね。あなたにお友《とも》だちになってほしいのは、あたし、ほんとうのことをいえる友《とも》だちがいないから」

「そうなの？」

「もちろん、ムネヒコお兄《にい》さまは別《べつ》よ。ほんとうのお兄《にい》さまではないけれど、なんでもいえる……いいえ、ちがうわね。ムネヒコお兄《にい》さまの前《まえ》では『いい子《こ》』のふりをしてしまうもの。あたし、小学校《しょうがっこう》を卒業《そつぎょう》したらミッション・スクゥルに通《かよ》うことになったのだけれど、そこの子《こ》たちは、みんな、『お嬢《じょう》さま』なんですもの」

「でも、あなただって、そうでしょう？」

「ちがうわよ。あたしは自由《じゆう》に生《い》きたいの」

73 アルハベット

気《き》がつくと、ミレイちゃんはその女《おんな》の子《こ》の隣《となり》にいて、一緒《いっしょ》にベッドに腰《こし》かけて話《はなし》をしていたのです。

「なんだかおかしいわね。あたしたち、こんなに夜《よる》おそく、ふたりともぬいぐるみを抱《だ》いて話《はな》しているなんて」

ほんとにそうです。ミレイちゃんも、なんだかおかしくて笑《わら》いそうになりました。

「そう。あなた、お名前《なまえ》はなんていうの？　妖精《ようせい》さんだから名前《なまえ》はないのかしら」

「……ミレイっていうの」

「あたし、ミサトだから、やっぱり似《に》てる！　ねえ、妖精《ようせい》さんにもおとうさまやおかあさまはいるの？」

「いるわよ……おとうさんは小説家《しょうせつか》なの」

「まあ！　『館《やかた》』にも、よく、作家《さっか》や詩人《しじん》の方《かた》もいらっしゃるけど。おかあさまは？」

「おかあさんは、そう、イラストレーター……かな」

「イラ……ストレ？」

「えっとね、雑誌《ざっし》に絵《え》を描《か》いたりするの」

「お仕事《しごと》を持《も》っていらっしゃるのね。うらやましいわ。『少女《しょうじょ》の友《とも》』に載《の》っている中原淳一《なかはらじゅんいち》さんや松本《まつもと》かつぢさんみたいなのかしら。蕗谷虹児《ふきやこうじ》さんのも素敵《すてき》。それとも西條八十《さいじょうやそ》さんの『少女純情詩集《しょうじょじゅんじょうししゅう》』のさし絵《え》みたいなものかしら。あなたはお読《よ》みになった？」

「……いいえ」

「『アルハベットを
　指《ゆび》で書《か》く、
　あなたの名前《なまへ》を空《そら》に書《か》く。』

　すっかり覚《おぼ》えてしまったわ。あたし、本《ほん》を読《よ》むのも大好《だいす》き。でも、あたしが読《よ》む本《ほん》は子《こ》どもっぽいものばかりってムネヒコお兄《にい》さまはおっしゃるけど、まだ11歳《さい》なんだもの、仕方《しかた》ないわよね。でも吉屋信子《よしやのぶこ》先生《せんせい》のものは大好《だいす》き。そう……ミレイさん……ミレイさん、って呼《よ》んでいいかしら」

「ええ、もちろん」

「ミレイさん、あたしには夢《ゆめ》があるの」

「どんな夢《ゆめ》なの？」

「さっきもいったでしょう。自由《じゆう》に生《い》きたいの。このままだと女学校《じょがっこう》に行《い》って、そこを卒業《そつぎょう》したら、おとうさまが決《き》めた方《かた》と結婚《けっこん》しなきゃならない。そんなのイヤだわ。時々《ときどき》、なんで女《おんな》に生《う》まれたのかしらと思《おも》うの。カワキタのおじさまの奥《おく》さまは、カシコさんっておっしゃるんだけれど、あたしが入《はい》るはずのミッション・スクゥルの先輩《せんぱい》よ。カシコさんは、卒業《そつぎょう》なさってからタイピストとして就職《しゅうしょく》した先《さき》でカワキタのおじさまと出会《であ》って、結婚《けっこん》されたの。恋愛結婚《れんあいけっこん》なのよ！　なんて素敵《すてき》なんでしょう。そして、ふたりは世界《せかい》を駆《か》け回《まわ》って、外国《がいこく》の映画《えいが》を買《か》いつけてらっしゃる。あんなふうに生《い》きられたらいいのに。女《おんな》だって好《す》きなことをして生《い》きていきたいわ。ミレイさんは、そう思《おも》わない？」

ミレイちゃんは、どう答《こた》えていいのかわかりませんでした。その女《おんな》の子《こ》のようには考《かん》えたことがなかったからです。

「アルハベット」（西條八十、『少女純情詩集』国書刊行会）から

74 ゆびきりげんまん

「ねえ、ミレイさん」

その女《おんな》の子《こ》は……いえ、もう、ミサトさんと呼《よ》んでもかまわないでしょう……ミサトさんは、ミレイちゃんに顔《かお》をくっつけるようにしていいました。

「なあに、ミサトさん」

「あたし、あなたを見《み》ていると、ほんとうに鏡《かがみ》をのぞきこんでいるみたいな気《き》がするわ。もしかしたら、あなたは、もうひとりのあたしなのかしら」

そういわれると、ミレイちゃんはなんだか胸《むね》が痛《いた》くなりました。

「あなたになら、だれにもいえなかったことをいえるような気《き》がするの。あのね……ムネヒコお兄《にい》さまは、タカイのおじさまのご意思《いし》に逆《さか》らって、陸軍幼年学校《りくぐんようねんがっこう》にも、士《し》官学校《かんがっこう》の予科《よか》にも入学《にゅうがく》されなかったの。だって、軍人《ぐんじん》のことをお嫌《きら》いで、詩《し》や小説《しょうせつ》を

読《よ》むのがお好《す》きな人《ひと》なんだもの。でも、この前《まえ》、ムネヒコお兄《にい》さまは、こんなことをおっしゃってた。『ぼくは、もうすぐこの国《くに》は戦争《せんそう》を始《はじ》めると思《おも》っています』って。だから、あたしは、お兄《にい》さまに、『そうなっても、お兄《にい》さまは、文学《ぶんがく》の道《みち》に進《すす》まれるのよね』といったの。そしたら、お兄《にい》さまは、寂《さび》しそうにお笑《わら》いになって、なにもおっしゃらなかった。もしかしたら、お兄《にい》さまも、戦争《せんそう》が始《はじ》まったら、軍人《ぐんじん》におなりになるつもりなのかしら？」

もちろん、ミレイちゃんには答《こた》えることなどできませんでした。けれども、その、自分《じぶん》そっくりの女《おんな》の子《こ》の秘《ひ》めやかな胸《むね》のうちは、なんとなくわかるような気《き》もしました。そして、それは、ミレイちゃんも、いつか知《し》ることになる気持《きも》ちなのかもしれなかったのです。

「ああ……ずっとずっと、お話《はな》ししていたいのに、あたし、なんだか急《きゅう》にねむくなってきてしまった。とても長《なが》い一日《にち》だったんですもの。ねえ、約束《やくそく》してくださる？」

「なにを？」

「また絶対《ぜったい》に、会《あ》いに来《く》るって」

「……会《あ》いに来《く》るわ」

「約束《やくそく》して」

そういうと、ミサトさんは、ミレイちゃんの小指《こゆび》に、自分《じぶん》の小指《こゆび》をからませました。

「ゆびきりげんまん」

「……ゆびきりげんまん……ってなに？」

「まあ、ゆびきりげんまんも知《し》らないの！　約束《やくそく》を守《まも》るって誓《ちか》いよ」

「じゃあ……ゆびきりげんまん」

ミサトさんはからんだ指《ゆび》をほどくと、そのままベッドに横《よこ》になりました。

「ミレイさん……」

「なあに」

「あたしがねむるまで……ここにいて……」

「いいわ」

「……ミレイさん……あなたのことを話《はな》してもだれも……信《しん》じない……わね」

そう。それは、夢《ゆめ》だったのでしょうか。気《き》がつくと、ミサトさんの寝息《ねいき》が聞《き》こえました。ミレイちゃんは、静《しず》かにベッドから離《はな》れると、小《ちい》さい声《こえ》でこういったのでした。

「おやすみなさい、ミサトさん」

75 恋人《こいびと》たち

「その夜《よる》」が明《あ》けて間《ま》もなくの頃《ころ》でした。ミレイちゃんは「緑《みどり》の部屋《へや》」にいました。最初《さいしょ》は少《すこ》しこわかったけれど、いつの間《ま》にか、そこは、ミレイちゃんの大好《だいす》きな場所《ばしょ》になっていたのです。

「部屋《へや》にいないから探《さが》したよ。どうしたんだい。こんなに朝早《あさはや》くから」

扉《とびら》を開《あ》けて入《はい》ってきたバーバは、ミレイちゃんにいいました。

「ねえ、バーバ」

ミレイちゃんは、一枚《まい》の絵《え》を見《み》つめながら、いいました。

「大《おお》バーバって、どんな人《ひと》だったのかな」

ミレイちゃんが見《み》つめていたのは、あの、自分《じぶん》そっくりの女《おんな》の子《こ》の絵《え》でした。そう、それは、真夜中《まよなか》、「赤《あか》の部屋《へや》」で「ゆびきりげんまん」をして「また会《あ》おうね」と約《やく》

束《そく》した女《おんな》の子《こ》でした。

バーバは、ミレイちゃんと並《なら》んで、その可愛《かわい》らしい女《おんな》の子《こ》の絵《え》を見《み》つめていました。

「あたしのかあさんは……大《おお》バーバはやさしい人《ひと》だった。家族《かぞく》や『館《やかた》』のために生《い》きた人《ひと》だった。そして、なにより、いちばん大切《たいせつ》な時期《じき》を戦争《せんそう》の中《なか》で過《す》ごすしかなかった人《ひと》だった。大《おお》バーバは、その頃《ころ》のことを、あまりしゃべりたがらなかったね。思《おも》い出《だ》すとつらいことがあったんだと思《おも》う。おまえも、前《まえ》の戦争《せんそう》のことは学校《がっこう》で習《なら》ったことがあるだろう?」

ミレイちゃんはうなずきました。

「たくさんの人《ひと》たちが亡《な》くなった。『館《やかた》』の人《ひと》たちも、その周《まわ》りでも、たくさんの人《ひと》たちがね。それだけじゃない。亡《な》くなった人《ひと》たちの周《まわ》りには、それで悲《かな》しみ、傷《きず》つく人《ひと》たちが、もっとたくさんいた。失《な》くしたのは人《ひと》の命《いのち》だけじゃない。平和《へいわ》でおだやかな暮《く》らしそのものがなくなってしまった。この国《くに》の人《ひと》たちすべてが、同《おな》じ運命《うんめい》にあったんだ。大《おお》バーバは、本《ほん》を読《よ》むのが好《す》きで、音楽《おんがく》や絵《え》も好《す》きで、なにより自由《じゆう》に生《い》きるのが好《す》きな女《おんな》の子《こ》だった。戦争《せんそう》がない時代《じだい》だったら、どんなふうに生《い》きただろうね。でも……」

バーバは、そういうと、大《おお》バーバの絵《え》の隣《となり》にかけられたもう一枚《まい》の絵《え》を見《み》つめまし

「ごらん。これは、大《おお》バーバの恋人《こいびと》だった人《ひと》だ。ムネヒコさんっていうんだよ」

「ムネヒコさん……」

「あの、100歳《さい》の『ビーちゃん』の、もう一匹《びき》の方《ほう》を持《も》っていた人《ひと》だ。ムネヒコさんは、大《おお》バーバにとって、ほんとうのお兄《にい》さんみたいな人《ひと》だった。でも、いつの間《ま》にか、ふたりは恋人《こいびと》になっていったんだね。いったい、ふたりの間《あいだ》に何《なに》があったのか。それは、あたしにもよくわからない。大《おお》バーバも詳《くわ》しくは教《おし》えてくれなかった。あたしが知《し》っているのは、結局《けっきょく》、ムネヒコさんは戦死《せんし》して、大《おお》バーバはその後《ご》、別《べつ》の人《ひと》と結婚《けっこん》したということだけだ。つまり、あたしのとうさんとね。ムネヒコさんが戦死《せんし》しなかったら、あたしもおまえも生《う》まれていなかったのかもしれない。あたしは、一緒《いっしょ》になれなかった恋人《こいびと》たちの絵《え》を並《なら》べてあげることにしたんだ。とうさんには申《もう》し訳《わけ》ないけれどね」

76 第《だい》二の夜《よる》

「赤《あか》の部屋《へや》」で大《おお》バーバに出会《であ》ってから、ミレイちゃんは、毎晩《まいばん》ベッドに入《はい》ると、耳《みみ》を澄《す》ませて、振《ふ》り子《こ》時計《どけい》の音《おと》が聞《き》こえてくるのを待《ま》ちました。

ミレイちゃんは、また大《おお》バーバに、いえ、あの女《おんな》の子《こ》に会《あ》いたかったのです。会《あ》って、いろんなお話《はなし》を聞《き》きたかったのです。

けれども、「館《やかた》」の夜《よる》はいつも静《しず》かで、なんの音《おと》も聞《き》こえませんでした。

何日《なんにち》かが過《す》ぎた、少《すこ》し涼《すず》しい晩《ばん》のことでした。バーバは「秋《あき》も近《ちか》いのかもしれないね。窓《まど》は閉《し》めて寝《ね》るんだよ」といいました。

「おやすみなさい、バーバ」

「おやすみ、ミレイちゃん」

そして、ミレイちゃんはベッドに入《はい》ったのでした。

……夜《よる》のいちばん奥底《おくそこ》で、だれかが「時間《じかん》の鍵《かぎ》」を静《しず》かに回《まわ》す音《おと》が聞《き》こえました。

いや、ほんとうは、みんな深《ふか》いねむりの底《そこ》にいて、音《おと》を聞《き》いた者《もの》などいなかったのでしたが。

ミレイちゃんは、目《め》を覚《さ》ましました。振《ふ》り子時計《こどけい》が規則正《きそくただ》しく、カチカチ打《う》つ音《おと》が、扉《とびら》の向《む》こうから聞《き》こえています。ミレイちゃんは、しばらく横《よこ》たわったまま、その音《おと》を聞《き》いていました。そして、ささやくように、こういったのです。

「……ビーちゃん……」

「……なん……ですか？」

「ほら、音《おと》が聞《き》こえるでしょ」

「……ほんとうですね」

「行《い》こう。ミサトさんに会《あ》いに」

「ハ、ハイ！」

なにをすればいいのかは、もうわかっています。ミレイちゃんは、部屋《へや》の扉《とびら》を開《あ》けると、「赤《あか》の部屋《へや》」に向《む》かいました。扉《とびら》の下《した》からは、淡《あわ》い光《ひかり》がもれています。

ミレイちゃんは、深呼吸《しんこきゅう》をすると、扉《とびら》をノックしました。すると、部屋《へや》の中《なか》から、声《こえ》がしたのです。

「こんなに遅《おそ》くに、だれ？　おかあさま？　キヨ？」

「わたし」

ミレイちゃんは、扉《とびら》を押《お》し開《あ》けました。

開《あ》け放《はな》たれた窓《まど》の向《む》こうには暗《くら》い夜《よる》が広《ひろ》がっていました。鮮《あざ》やかなはずのさるすべりの花《はな》も、はっきりとは見《み》えません。可愛《かわい》らしい浴衣《ゆかた》の寝間着《ねまき》を着《き》た、見知《みし》らぬ女《おんな》の人《ひと》が、窓《まど》にもたれるようにしている姿《すがた》が見《み》えました。

「だれ？」その女《おんな》の人《ひと》はいいました。

「もしかして……妖精《ようせい》さんなの？　まあ、妖精《ようせい》さん！」

女《おんな》の人《ひと》は走《はし》りよると、ミレイちゃんの手《て》を強《つよ》く握《にぎ》りしめました。でも、ミレイちゃんはびっくりして、声《こえ》を出《だ》すこともできません。この……きれいな女《おんな》の人《ひと》はだれ……。

「ミレイさん、なんで会《あ》いに来《き》てくれなかったの？　8年《ねん》も待《ま》ったわ！」

77 19歳《さい》の夏《なつ》

その女《おんな》の人《ひと》は、ミレイちゃんの顔《かお》を食《く》い入《い》るように見《み》つめていました。そして、不《ふ》意《い》に、大《おお》きな目《め》から一粒《ひとつぶ》の涙《なみだ》を流《なが》したのでした。

「ごめんなさいね……うれしくって……あの晩《ばん》のこと、きっと、あれはぜんぶ夢《ゆめ》なんだと思《おも》うようになっていたから……」

ミレイちゃんは、なにもいうことができませんでした。その若《わか》い女《おんな》の人《ひと》からは、香《こう》水《すい》ではなく、若《わか》さそのものが生《う》み出《だ》す甘《あま》やかな匂《にお》いがしました。この前会《まえあ》ったときには、自分《じぶん》とまったく同《おな》じ顔《かお》つきの、華奢《きゃしゃ》な少女《しょうじょ》だったのに、いまでは、かすかにそのおもかげが残《のこ》るだけの、素敵《すてき》な女《おんな》の人《ひと》に変《か》わっていたのです。

「ミレイさんはお変《か》わりにならないのね」

「あの……ミサトさん、すっかりおとなになって……わたし、どうしたらいいか」

「まあ! 中身《なかみ》は同《おな》じよ」

そういうと、その若《わか》い女《おんな》の人《ひと》は、いえ、ミサトさんは、ぬいぐるみをミレイちゃんの前《まえ》に突《つ》き出《だ》しました。

「いまでも、ビーちゃんと寝《ね》てるわよ!」

「ああ、よかった!」

ふたりは、あの晩《ばん》と同《おな》じように、ベッドに腰《こし》かけました。もちろん、それぞれの「ビーちゃん」を抱《だ》いたままで。

「ああ、なにから話《はな》せばいいのかしら! あなたもきっとご存《ぞん》じよね。あのあと、とうとう、戦争《せんそう》が始《はじ》まってしまったことも。それから、なにもかもがどんどん変《か》わっていってしまったことも」

ミレイちゃんはうなずきました。でも、それがどんなふうに終《お》わったのか、ミサトさんは知《し》らないのです。

「中国《ちゅうごく》で戦争《せんそう》が始《はじ》まったのは、ミレイさんとお話《はな》しした次《つぎ》の年《とし》の夏《なつ》だったわ。それから、アメリカとの戦争《せんそう》が始《はじ》まった。いつ終《お》わるのかもわからない。ムネヒコさんは『そんなにつづかないでしょう』っておっしゃってるけれど……」

そこまでいうと、ミサトさんは、唇《くちびる》をかみました。

「……ムネヒコさんが心配《しんぱい》でたまらないの。ムネヒコさんは、大学《だいがく》でフランス文学《ぶんがく》を学《まな》ばれたの。プルゥストよ、ご存《ぞん》じ？　フランスへ留学《りゅうがく》して、もっと勉強《べんきょう》なさるつもりだった。でも……大学《だいがく》を卒業《そつぎょう》したら、突然《とつぜん》、幹部候補生《かんぶこうほせい》として入隊《にゅうたい》されたの。ほんとうに驚《おどろ》いたわ。あたし、ムネヒコさんに『どうして？』ってお聞《き》きしたの。『あんなに戦争《せんそう》がお嫌《きら》いだったのに』って。そしたら、ムネヒコさんはおっしゃった。『ぼくはいまでも戦争《せんそう》は大嫌《だいきら》いです。けれど、ぼくたちは、もうその渦《うず》に巻《ま》きこまれてしまった。だから、考《かんが》えたんです。どうすれば、あなたたちを守《まも》ることができるのか。それが、ぼくが戦争《せんそう》に行《い》く、ただひとつの理由《りゆう》です』って。ムネヒコさんは、今度《こんど》、士官《しかん》になって、フィリピンに行《い》かれることになった。あたし、こわいの……」

気《き》がつくと、ミレイちゃんは、おとなで、自分《じぶん》よりもずっと大《おお》きいミサトさんのからだを抱《だ》きしめていました。ほかにできることはなにもなかったのです。

78 恋《こい》する乙女《おとめ》

ミレイちゃんは、自分《じぶん》がいまいる時代《じだい》が昭和《しょうわ》19年《ねん》、つまり1944年《ねん》であることを知《し》っていました。

それがどんな時代《じだい》だったのか、本《ほん》で少《すこ》し読《よ》んだことがあります。それから、おとうさんに少《すこ》しお話《はなし》を聞《き》いたこともあります。テレビのドラマで見《み》たこともあります。

長《なが》く続《つづ》いた戦争《せんそう》で、人《ひと》びとは十分《じゅうぶん》に食《た》べることもできなくなりました。学校《がっこう》に行《い》っても授業《じゅぎょう》ではなく、軍事教練《ぐんじきょうれん》といって戦争《せんそう》のまねごとをさせられるようになりました。外国《がいこく》の映画《えいが》や音楽《おんがく》は「敵《てき》のものだ」といって、見《み》たり聞《き》いたりはできなくなりました。何《なん》百万《まん》もの兵隊《へいたい》たちが外国《がいこく》の戦場《せんじょう》に送《おく》られ、死《し》んでゆきました。もうすぐ、この国《くに》の上空《じょうくう》にたくさんの爆撃機《ばくげきき》がやってきて、むすうの爆弾《ばくだん》を落《お》とすはずです。

それは、どれも、ミレイちゃんにとって「遠《とお》い昔《むかし》のお話《はなし》」でした。悲《かな》しいけれど、

ミレイちゃんの知《し》らないだれかの身《み》の上《うえ》に降《ふ》りかかったできごとでした。

けれども、いま、ミレイちゃんの隣《となり》でからだを震《ふる》わせているのは「知《し》らないだれか」ではありませんでした。それは、ミレイちゃんの大切《たいせつ》な「友《とも》だち」であり、ミレイちゃんの「大《おお》バーバ」だったのです。

「ねえ、ミレイさん。あたしたち、どうなるのだろう。おとうさまは、戦争《せんそう》に反対《はんたい》していたから、軍人《ぐんじん》たちににらまれて、ほとんど仕事《しごと》をさせてもらえなくなったの。この前《まえ》、陸軍《りくぐん》に呼《よ》ばれて出《で》かけて、それからしばらくして、頭《あたま》に包帯《ほうたい》を巻《ま》いて戻《もど》ってこられた。『どうしたの？』って聞《き》いても『なんでもない』としかおっしゃらなかった。

ムネヒコさんが今度《こんど》、フィリピンに向かわれることはいったわね。どうしよう。どうどうなるのだろう。あたし、おそろしくて、フィリピンに向《む》かわれることはいったわね。先月《せんげつ》、サイパン島《とう》が陥落《かんらく》してしまったでしょ。そのときの海戦《かいせん》で、連合艦隊《れんごうかんたい》の船《ふね》もほとんどなくなってしまったみたいなの。あたしたちの国《くに》はもう裸《はだか》と同《おな》じ。みんな、そのことを知《し》っているわ。南《みなみ》の方《ほう》の領土《りょうど》はどんどんアメリカのものになっている。『次《つぎ》はフィリピンだ』って、みんないっているわ。どうして、そんなところに、ムネヒコさんが行《い》かなくちゃならないの？　ムネヒコさんが、おとうさまに『ミサトさんとの結婚《けっこん》をお許《ゆる》しください』って申《もう》しこまれたとき、おとうさまは『軍人《ぐんじん》はダメだ』とおっしゃった。ムネヒコさんが『なぜですか?』と聞《き》かれると、おとうさまは『軍人《ぐんじん》はみんな死《し》ぬからだ。娘《むすめ》をそんなところに嫁《とつ》がせるわけにはいかない』って。ムネヒコさんは『ぼくは生《い》きて帰《かえ》ってきます』とおっしゃったの。そうよね。ムネヒコさんに限《かぎ》って、死《し》んだりしないわよね。ああ……キヨの息子《むすこ》はビルマで戦死《せんし》したのよ……あたしになにができるのかしら……あたしにはどうすることもできない……楽《たの》しかった時代《じだい》はもうどこにもない……もうずっと遠《とお》くへ行《い》ってしまったんだわ」

79 佳日《かじつ》

夜《よる》は深《ふか》く、開《あ》け放《はな》たれた窓《まど》からは、さるすべりの甘《あま》い匂《にお》いが混《ま》じった夏《なつ》の夜《よる》の匂《にお》いが、風《かぜ》と共《とも》に少《すこ》しずつ入《はい》ってきます。

ミサトさんは、腰《こし》かけていたベッドから立《た》ち上《あ》がると、部屋《へや》の隅《すみ》の机《つくえ》に行《い》き、置《お》いてあった本《ほん》を胸《むね》に抱《だ》きしめて戻《もど》ってきました。

「ミレイさん……」

「なあに、ミサトさん」

「これは、谷崎潤一郎《たにざきじゅんいちろう》さんの『細雪《ささめゆき》』というご本《ほん》よ。谷崎《たにざき》さんは、この小説《しょうせつ》を雑誌《ざっし》に連載《れんさい》されていたけど、内容《ないよう》が時節《じせつ》に合《あ》わないからって、中止《ちゅうし》させられたの。そのあと、谷崎《たにざき》さんは、黙《だま》って続《つづ》きを書《か》かれて、それをまとめて、先月《せんげつ》、ようやく最初《さいしょ》のところだけを自分《じぶん》でご本《ほん》にされた。でも、それもすぐに発売禁止《はつばいきんし》になってしまったわ。おと

うさまが、いろんなところにお願《ねが》いして、ようやく手《て》に入《い》れることができたの。ムネヒコさんは、あたしがこの本《ほん》を持《も》っているのを見《み》て、『隠《かく》していないとだめですよ。これを持《も》っていることが憲兵《けんぺい》にわかると、おとうさまだってどうなるかわからない』っておっしゃるの。四人《にん》の姉妹《しまい》の優雅《ゆうが》な暮《く》らしのお話《はなし》なのに、こんなものでも、もう読《よ》んではいけなくなってしまった。ぜいたくな生活《せいかつ》が書《か》かれているからだめなんですって。『館《やかた》』には、作家《さっか》や詩人《しじん》も、絵《え》や音楽《おんがく》をなさる方《かた》もたくさん来《こ》られたのに、もう、みんな、戦争《せんそう》に行《い》ってしまうか、行《い》かなくても、なにも作《つく》ることができなくなってしまった。もう、『館《やかた》』に、人《ひと》は来《こ》ないわ。それから、これを見《み》て。太宰治《だざいおさむ》という方《かた》の『佳日《かじつ》』という小説集《しょうせつしゅう》よ。ついこの間《あいだ》、出《で》たばかり。こんなものを読《よ》むのじゃなかった……いえ、とても素敵《すてき》な小説《しょうせつ》なのに……だって、ここには、ムネヒコさんみたいな、大学《だいがく》を卒業《そつぎょう》して戦地《せんち》へ行《い》かれた若者《わかもの》たちがたくさん出《で》てくるの。そして……」

そこまでいうと、ミサトさんは手《て》で顔《かお》をおおいました。

「……みんな、死《し》んでしまうのよ。アッツ島《とう》で、中国《ちゅうごく》で、南方《なんぽう》で……。あたしには、わかるの。太宰《だざい》という方《かた》は、小説《しょうせつ》をお書《か》きになったんじゃないわ。実際《じっさい》に、出会《であ》った人《ひと》たちのことをお書《か》きになったのよ。だって、あたしの周《まわ》りでも、お友《とも》だちのお兄《にい》さまたちが、やはり、戦地《せんち》へ行《い》って、戻《もど》っていらっしゃらなかった……この中《なか》に、本《ほん》の題《だい》と同《おな》じ、『佳日《かじつ》』という小説《しょうせつ》があるの。これも三姉妹《しまい》のお話《はなし》なのよ。中《なか》に出《で》てくる男《おとこ》の人《ひと》が結婚式《けっこんしき》のために北京《ペキン》から東京《とうきょう》へ来《く》るの。でも、結婚式《けっこんしき》の日《ひ》、その男《おとこ》の人《ひと》は礼《れい》服《ふく》のモオニングを持《も》っていないことが気《き》になりだして、お嫁《よめ》さんの家族《かぞく》に相談《そうだん》なさるの。お義父《とう》さまが、お嫁《よめ》さんのお姉《ねえ》さんのひとりに『貸《か》してあげなさい』というと、そのお姉《ねえ》さんは『貸《か》せない』とおっしゃる。意地悪《いじわる》ではなく、夫《おっと》が戦争《せんそう》に行《い》っていてその大切《たいせつ》な思《おも》い出《で》の品《しな》だからなの。そして、いちばん上《うえ》のお姉《ねえ》さんが貸《か》してあげることになるのよ。だって、その夫《おっと》は戦死《せんし》していて、もう着《き》ることがないから。ねえ、あたしたちの大切《たいせつ》な人《ひと》は、みんな、戦場《せんじょう》へ連《つ》れてゆかれて、あたしたちはただ待《ま》つしかないのかしら」

80 自由《じゆう》

ミサトさんは、とても悲《かな》しそうでした。けれども、必死《ひっし》にことばを探《さが》して、ミレイちゃんに伝《つた》えようとしていたのです。

「不思議《ふしぎ》ね」

ミサトさんはポツリといいました。

「あなたになら、なんでもいえるような気《き》がするの。家族《かぞく》や友《とも》だちよりも」

「ありがとう、ミサトさん。でも、ごめんなさい。わたしは子《こ》どもだから、ミサトさんの話《はな》すことがぜんぶはわからないの」

「そうなのかしら……あなたの目《め》は、まるでなんでもわかっているみたいな目《め》だわ」

ミサトさん。わたしは、あなたのひ孫《まご》です。あなたやこの「館《やかた》」の人《ひと》たちがどうなったのかを知《し》っています。でも、そのことを、いま、あなたにいってはいけないんで

すよね。

「ミレイさん」

ミサトさんは、真剣《しんけん》な顔《かお》つきになって、いいました。

「ムネヒコさんが、フィリピンに行《い》かれることを聞《き》いたとき、あたし、ムネヒコさんにいったの。『お聞《き》きしたいことがあるの』って。ムネヒコさんは『なんですか？』っておっしゃった。だから、あたしは、『もしお願《ねが》いしたら、なにもかも捨《す》てて、あたしを連《つ》れて、どこかへ逃《に》げてくださいますか』ってたずねたわ。自分《じぶん》がそんなことをいだせるなんて、あたしも信《しん》じられなかった。でも、そのときだけは、勇気《ゆうき》が出《で》たの。ムネヒコさんは、少《すこ》し困《こま》った顔《かお》をされた。でも、すぐにほほえんで、こう話《はな》された。『ミサトさんが、ほんとうにそう思《おも》うなら、あなたを連《つ》れて、どこへでも逃《に》げましょう。でも、そうしたら、あなたのおとうさまやおかあさまが悲《かな》しむでしょう。それから、わたしの父《ちち》や母《はは》も。わたしたちの周《まわ》りにいる、たくさんの人《ひと》たちを苦《くる》しめることになってしまいますね』って。あたしは黙《だま》ったわ。だって、ムネヒコさんがいわれるとおりなんですもの。少《すこ》しして、あたしはこういったの。『どうしても、あたしたちは自由《じゆう》に生《い》きることができないんですね』。すると、ムネヒコさんは、こうおっしゃったわ。『戦争《せんそう》が終《お》わって、平和《へいわ》になったら、きっと自由《じゆう》も戻《もど》ってきます。心《しん》配《ぱい》しないでください。わたしは、必《かなら》ず生《い》きて、この〝館《やかた》〟のさるすべりの樹《き》のところに戻《もど》ってきます』って……。あっ……」

ミサトさんは不意《ふい》に窓《まど》の方《ほう》を見《み》ました。

「……口笛《くちぶえ》の音《おと》が聞《き》こえる……ミレイさん、実《じつ》は、今晩《こんばん》、少《すこ》しだけムネヒコさんがいらっしゃるの。おとうさまには内緒《ないしょ》でね。さるすべりの樹《き》の下《した》で会《あ》うの。だから、もう行《い》かなくちゃ」

そういうと、ミサトさんは立《た》ち上《あ》がり、そして、ミレイちゃんの手《て》を握《にぎ》りしめました。

「また、会《あ》いに来《き》てくださるわよね」

「はい!」

「絶対《ぜったい》によ。じゃあ、ゆびきりげんまん!」

「ゆびきりげんまん!」

「さよなら、妖精《ようせい》さん。さよなら!」

そういうと、ミサトさんは扉《とびら》を開《あ》けて、外《そと》へ出《で》ていったのでした。

81 大好《だいす》きなこと、大切《たいせつ》なこと、愛《あい》されること

ミレイちゃんは、ゆっくりと目《め》を覚《さ》ましました。でも、まだ半分夢《はんぶんゆめ》の中《なか》にいるような気《き》がします。窓《まど》が少《すこ》し開《ひら》いて、涼《すず》しい風《かぜ》が入《はい》りこんできました。きっと、ミレイちゃんがねむっているうちにバーバが来《き》て、そっと開《あ》けておいてくれたのでしょう。

ミレイちゃんは、ぼんやり、窓《まど》の外《そと》を眺《なが》めていました。

昨夜《ゆうべ》の「あれ」は夢《ゆめ》だったのかしら。

いいえ、そうではないことを、ミレイちゃんは知《し》っています。だって、胸《むね》の中《なか》には、静《しず》かな悲《かな》しみのかたまりが残《のこ》っていたから。

ミレイちゃんは、そっと自分《じぶん》のからだを抱《だ》きしめました。

これは、わたしだ。11歳《さい》のわたし。大好《だいす》きなおとうさんやおかあさんやバーバがいて、みんな、わたしを大切《たいせつ》にしてくれる。わたしには、大好《だいす》きなものも大切《たいせつ》なものも

たくさんある。そして、それは、いつも手《て》の届《とど》くところにあるの。この部屋《へや》のこのベッドで毎朝《まいあさ》起《お》きること。窓《まど》を開《あ》けて、庭《にわ》にある、どれにも名前《なまえ》がある樹《き》や花《はな》をずっと眺《なが》めていること。リングを連《つ》れて散歩《さんぽ》すること。散歩《さんぽ》しながら、いろんな人《ひと》たちに挨《あい》拶《さつ》をすること。みんなが連《つ》れている犬《いぬ》たちがリングに挨拶《あいさつ》をするのを眺《なが》めること。きらきら光《ひか》る「夏《なつ》のかけら」を見《み》つけること。気持《きも》ちいい風《かぜ》の中《なか》に秋《あき》の始《はじ》まりを感《かん》じること。ただじっと海《うみ》の向《む》こうを眺《なが》めていること。知《し》っているだれかから「ミレイちゃん！」と呼《よ》ばれること。知《し》らないだれかから「こんにちは」といわれること。「館《やかた》」の近《ちか》くに来《く》るとリングが喜《よろこ》ぶこと。「館《やかた》」が見《み》えてきて嬉《うれ》しくなること。「館《やかた》」の中《なか》のレンガの道《みち》を歩《ある》いていると、バーバが戸《と》を開《あ》けて待《ま》っていてくれること……。ミレイちゃんには、大好《だいす》きなこと、大切《たいせつ》なことが数《かぞ》えきれないほどあったのです。

「ビーちゃん」

「なんですか？」

「ありがとう」

「いったい、どうしたんです！」

「大好《だいす》きなこと、大切《たいせつ》なことがたくさんあるのは、わたしを大好《だいす》きでいてくれて、大《たい》切《せつ》にしてくれる人《ひと》がいるからだと思《おも》うの。だから、ありがとう！」

「ま、待《ま》ってください！　そのチューは……ちょっと、ツバが！　ミレイちゃん！」

ミレイちゃんは、めずらしく急《いそ》いで着替《きが》えると、階段《かいだん》を下《お》りてバーバの部屋《へや》に行《い》きました。どうしても、すぐに伝《つた》えたいことがあったのです。

「バーバ！」

「どうしたんだい、ミレイちゃん」

「バーバ、ありがとう！」

ミレイちゃんは、そのままバーバの胸《むね》に飛《と》びこみました。ほかになにをしていいのかわからなかったのです。

「おやおや。赤《あか》ちゃんに戻《もど》ったのかい」

バーバ、ちがうの。わかったの、わたし。ほんとうに大切《たいせつ》にされてきたことが。みんなに守《まも》られていたことが。

82 リング、どこへ？

バーバはしばらく黙《だま》って、髪《かみ》を優《やさ》しくなでながら、ミレイちゃんを抱《だ》きしめていました。バーバにはわかっていたのです。だれだって、ただ強《つよ》く抱《だ》きしめていてもらいたいときがあることを。

「バーバ」

ミレイちゃんはバーバの胸《むね》に顔《かお》を押《お》しつけたまま、小《ちい》さな声《こえ》でいいました。

「ムネヒコさん……大《おお》バーバの恋人《こいびと》は、最後《さいご》にどうなったの？」

「……そう、はっきりしたことは、実《じつ》はわからないんだ。ムネヒコさんはフィリピンに向《む》かった。ほかにもたくさんの、何《なん》十万《まん》という日本《にほん》の兵士《へいし》たちがね。それから、アメリカ軍《ぐん》がやって来《き》た……それは、ほんとうにひどい戦《たたか》いだった。もう、日本《にほん》の負《ま》けはわかっていたのに、だれも戦争《せんそう》を終《お》わりにすることができなかった。フィリピンの

日本軍《にほんぐん》は、やがて武器《ぶき》も食糧《しょくりょう》もなくなって、山《やま》の中《なか》へ追《お》いつめられていったそうだ。兵士《へいし》だけじゃない、一緒《いっしょ》についていった看護婦《かんごふ》や民間《みんかん》の人《ひと》たちもね。そして、とても話《はな》せないようなことも起《お》こった……ムネヒコさんの最期《さいご》がわからないのは、戻《もど》って来《こ》られた人間《にんげん》がいなかったからだ。8月《がつ》になって戦争《せんそう》が終《お》わったとき、生《い》き残《のこ》っていた者《もの》はほとんどいなかったんだ……」

ミレイちゃんの足《あし》もとで、小《ちい》さな鳴《な》き声《ごえ》がしました。リングが甘《あま》えるように、ミレイちゃんの足《あし》に鼻《はな》をこすりつけています。

「リング……散歩《さんぽ》に行《い》きたいの？」

「いや。今朝《けさ》から具合《ぐあい》が悪《わる》いようなんだ。さっきから、自分《じぶん》の寝床《ねどこ》で横《よこ》になっている。まあ、リングも、もう年《とし》だからね」

リングはもう一度《いちど》、なんだか寂《さび》しそうな声《こえ》で、キューンと鳴《な》きました。

それから何日《なんにち》かが過《す》ぎて、はっきりと涼《すず》しい日《ひ》もありました。道《みち》を歩《ある》く人《ひと》たちの格好《かっこう》も、真夏《まなつ》のそれではありません。もうすぐ夏休《なつやす》みは終《お》わろうとしていました。

バーバは出《で》かけて留守《るす》でした。ミレイちゃんは、本《ほん》を読《よ》みながら、いつの間《ま》にか、なにかが足《あし》に触《ふ》れているのに、ミレイちゃんは伸《の》びをしました。足《あし》もとにはリングが食堂《しょくどう》のテーブルに突《つ》っ伏《ぶ》してねむっていたのでした。ミレイちゃんは気《き》がつきました。ミレイちゃんを見《み》つめています。いて、見《み》えない目《め》でミレイちゃんを見《み》つめています。

「どうしたの？　もう歩《ある》けるの？」

リングはゆっくりからだを回《まわ》すと、食堂《しょくどう》から出《で》てゆきます。

「待《ま》って、リング！　散歩《さんぽ》したいのなら、いまリードを持《も》ってくるから。でも、大丈夫《だいじょうぶ》なの？　リング！　リングったら」

ミレイちゃんはあわててリングのあとを追《お》いかけました。リングは「館《やかた》」を出《で》ると、小走《こばし》りに、外《そと》の道《みち》に向《む》かっています。

「リング！　どこへ行《い》くの、リング？」

風《かぜ》が樹々《きぎ》を揺《ゆ》すり、ざわざわと音《おと》がしました。ミレイちゃんは空《そら》を見上《みあ》げました。見《み》たこともない不思議《ふしぎ》な色《いろ》の雲《くも》が浮《う》かんでいます。いったい、いま何時《なんじ》なんだろう。

83　あの夏《なつ》へ

ミレイちゃんは、リングのあとを追《お》いかけて、いつしか草《くさ》むらを駆《か》けていました。走《はし》りながら、耳《みみ》もとで風《かぜ》がヒュンヒュン鳴《な》りました。病気《びょうき》のはずのリングが軽《かろ》やかに走《はし》り抜《ぬ》け、ミレイちゃんは、それを信《しん》じられないほどの速《はや》さで追《お》いかけていたのです。なんてからだが軽《かる》いんだろう！　ミレイちゃんは驚《おどろ》きました。足《あし》はほとんど草《くさ》に触《ふ》れることなく、まるで空《そら》を飛《と》んでいるようです。

周《まわ》りの風景《ふうけい》が、早送《はやおく》りするビデオの画面《がめん》みたいに、ものすごい勢《いきお》いで現《あらわ》れては消《き》え去《さ》ってゆきました。あまりに速《はや》すぎて、どこを駆《か》けているのか、ミレイちゃんにはわかりません。かすかに、ビーちゃんの声《こえ》が聞《き》こえていました。

「……ミレイちゃん……そんなに速《はや》く……駆《か》けちゃあ……なにも……見《み》えませんよ……」

そうね……と答《こた》えたような気《き》もします。でも、その声《こえ》もまた、あっという間《ま》に風《かぜ》の中《なか》へ消《き》えていったのでした。

ミレイちゃんは、まぶしい光《ひかり》のただなかにいました。リングの姿《すがた》はどこにもありません。見上《みあ》げると、青《あお》い空《そら》のてっぺんで、太陽《たいよう》がぎらぎらと輝《かがや》いています。ついさっきまで、夏《なつ》の終《お》わりの鎌倉《かまくら》で、近《ちか》づく秋《あき》の気配《けはい》を感《かん》じていたはずなのに、いま、ミレイちゃんは、皮《ひ》ふが焼《や》けそうなほど熱《あつ》い日《ひ》の光《ひかり》を浴《あ》びながら、どこまでもつづく緑《みどり》の原野《げんや》にいるのでした。

ドン。ドン。ドン。

鈍《にぶ》い音《おと》が響《ひび》いてきます。そのたびに、足《あし》もとで地面《じめん》が揺《ゆ》れました。

ドン。ドン。ドン。

遠《とお》くの山《やま》で煙《けむり》が上《あ》がりました。ゴロゴロ。雷《かみなり》のような音《おと》も聞《き》こえます。でも、雲《くも》は一つもありません。ゴロゴロゴロ。ビュルビュルビュル。今度《こんど》は、もっと鋭《するど》い音《おと》も聞《き》こえてきます。ヒュルヒュル。ビュルビュル。ドン。

こわい……。いったい、なにが起《お》こっているのでしょう。

ミレイちゃんは、また走《はし》りだしました。どこへ向《む》かって走《はし》ればいいのか、ミレイちゃんにはわかりません。ただ、からだの中《なか》からわきおこる「こわい」という気持《きも》ちに突《つ》き動《うご》かされ、風《かぜ》のように走《はし》ったのでした。

草《くさ》の上《うえ》にあおむけに倒《たお》れている兵士《へいし》の姿《すがた》が見《み》えたような気《き》がしました。それから、またそこから少《すこ》し離《はな》れた小川《おがわ》のほとりで、今度《こんど》は背中《せなか》を向《む》けてやはり兵士《へいし》が倒《たお》れていました。

こわくて、悲《かな》しくて、ミレイちゃんは目《め》を閉《と》じて走《はし》っていました。

おとうさん、おかあさん、バーバ！　ここは、どこなの？

ドン。ドン。ドン。ゴロゴロ。煙《けむり》がミレイちゃんの周《まわ》りを包《つつ》みました。それから、焦《こ》げたような匂《にお》いが。

走《はし》って、走《はし》って、走《はし》って……走《はし》って、走《はし》って、走《はし》って……丈《たけ》の高《たか》い草《くさ》が足《あし》にからんで……でも、ミレイちゃんは走《はし》りつづけました。

そして、気《き》づいたとき、ミレイちゃんは、炎《ほのお》のような赤《あか》い花《はな》をいただく、一本《ぽん》の大《おお》きな樹《き》の前《まえ》にいたのです。

84 大《おお》きな、赤《あか》い花《はな》が咲《さ》く樹《き》の下《した》で

空《そら》は悲《かな》しいほどに青《あお》く、雲《くも》一つありません。その、さるすべりによく似《に》て、でももっと鮮《あざ》やかに赤《あか》い花《はな》を冠《かんむり》のようにかぶった樹《き》は、乾《かわ》ききった土色《つちいろ》の道《みち》の両側《りょうがわ》に、どこまでもつづいているのでした。

「ああ、これは……あの樹《き》……」

そう、それは、ミレイちゃんが、夢《ゆめ》の中《なか》で、何度《なんど》も何度《なんど》もくり返《かえ》し見《み》た、風景《ふうけい》だったのです。

声《こえ》が聞《き》こえました。樹《き》の向《む》こうで、だれかがしゃべる声《こえ》が。だれに向《む》かって？　いえ、その声《こえ》は、話《はな》しかけているのではなく、まるで、詩《し》を朗読《ろうどく》しているようでした。

「……いつか、ぼくがおまえを失《うしな》うようなことがあれば、おまえはそれでも眠《ねむ》れるだろうか、

菩提樹《ぼだいじゅ》の樹冠《じゅかん》のように、おまえの頭《あたま》の上《うえ》でいつまでも愛《あい》の言葉《ことば》を囁《ささや》くぼくなしで……」

その声《こえ》が不意《ふい》にやみました。そして、優《やさ》しさのこもった調子《ちょうし》で、こういったのです。

「そこにいるのはだれ？」

そこまでは夢《ゆめ》で見《み》たとおりでした。そこまでは、夢《ゆめ》で知《し》っていました。「その先《さき》」になにがあるのでしょう。

これは夢《ゆめ》なの？　夢《ゆめ》だとするなら、あまりにも鮮《あざ》やかな夢《ゆめ》でした。そして、覚《さ》めようとする気配《けはい》もありません。

「その先《さき》」を確《たし》かめるときがついにやって来《き》たのです。ミレイちゃんは、「その人《ひと》」の前《まえ》に進《すす》みました。

ひとりの兵士《へいし》が樹《き》に背《せ》をもたせかけていました。血《ち》のあとが濃《こ》く染《し》みになった服《ふく》はボロボロになって裂《さ》け、靴《くつ》ももう形《かたち》をなくして、それがもともとなにであったのか、わからないぐらいでした。

ヒゲが伸《の》び、汚《よご》れきった顔《かお》のその兵士《へいし》は、固《かた》く目《め》を閉《と》じて動《うご》きません。では、さっきの声《こえ》はなんだったのでしょう。

そのとき、座《すわ》りこんでいた兵士《へいし》はゆっくりとまぶたを開《あ》けました。

「……きみは、だれだい？　さっき、ぼくは夢《ゆめ》を見《み》ていた。懐《なつ》かしい、『さるすべりの館《やかた》』の夢《ゆめ》だ。夢《ゆめ》の中《なか》で、ぼくはさるすべりの樹《き》にもたれていた。いまもまだ、ぼくは夢《ゆめ》のつづきを見《み》ているのだろうか。なんてまぶしいんだろう。死《し》ぬときに人《ひと》は、なにもかもがまぶしくて、目《め》を開《あ》けていられなくなるというから、もうぼくは死《し》のうとしているのかもしれない……きみがだれであるにせよ、もうぼくにはよく見《み》えないんだ」

ミレイちゃんは、一歩《ぽ》進《すす》み出《で》て、「その人《ひと》」のすぐ前《まえ》に立《た》ちました。

「ああ……」

ミレイちゃんは気《き》づきました。だから、思《おも》わず、こういったのでした。

「……ムネヒコさん？」

その瞬間《しゅんかん》、「その人《ひと》」は、ほとんど見《み》えないはずの目《め》を思《おも》いきり見開《みひら》いたようでした。

「……ミサト……なのか？」

『リルケ詩集』（リルケ著、高安国世訳、岩波文庫）から

85 贈《おく》り物《もの》

さっきまで鳴《な》り響《ひび》いていた不吉《ふきつ》な音《おと》は、いつの間《ま》にかやんでいました。いま、静《せい》寂《じゃく》に包《つつ》まれた戦場《せんじょう》の片隅《かたすみ》で、ひとりの女《おんな》の子《こ》が、深《ふか》く傷《きず》ついた兵士《へいし》の前《まえ》に立《た》っています。

「……よく見《み》えない……どうかもう少《すこ》し近《ちか》づいてくれるだろうか」

だから、ミレイちゃんは、ほとんどからだがくっつくほど近《ちか》くに進《すす》みました。

「その人《ひと》」は、ゆっくりと手《て》を伸《の》ばし、ミレイちゃんの髪《かみ》に触《ふ》れました。

「……やわらかい……ミサトと同《おな》じだ……この島《しま》で戦《たたか》いが始《はじ》まったのは何《なん》か月前《げつまえ》だったろう……ぼくたちはすぐに敗《やぶ》れた……そして……散《ち》り散《ぢ》りになって逃《に》げた……武器《ぶき》も食糧《しょくりょう》もすぐになくなった……山《やま》の中《なか》へ……ジャングルの中《なか》へ……海岸《かいがん》の近《ちか》くの灌木《かんぼく》の中《なか》へ……ぼくたちはもう目的《もくてき》も失《うしな》ってただ逃《に》げることしかできなかった……兵士《へいし》た

ちは次々《つぎつぎ》に倒《たお》れていった……何百《なん》キロにもわたって道《みち》という道《みち》に……草《くさ》むらに……兵士《へいし》たちのなきがらが放置《ほうち》されていた……そうだ……名前《なまえ》も知らない樹々《きぎ》たちの間《あいだ》を流《なが》れる小《ちい》さな川《かわ》べりに若《わか》い看護婦《かんごふ》が倒《たお》れていた……まだ生《い》きていて小《ちい》さな声《こえ》で『おかあさん……』とつぶやいた……その横《よこ》にはうつろな顔《かお》の兵士《へいし》がいてその看護婦《かんごふ》が死《し》ぬのを待《ま》っていたのだ……ぼくはそこからも逃《に》げた……逃《に》げて逃《に》げてもう一歩《いっぽ》も歩《ある》けなくなった……傷《きず》ついた足《あし》はもうなにも感覚《かんかく》がない……生《い》きのびるためにはあることをしなければならない……でもぼくにはそれができない……生《い》きのびてミサトに会《あ》わなければならないのに……そう約束《やくそく》したのにもうぼくにはその力《ちから》がないんだ……ああでも……もう一歩《いっぽ》も歩《ある》けないと倒《たお》れたときぼくはすぐ横《よこ》にこの樹《き》があることに気《き》づいた……あの懐《なつ》かしい『館《やかた》』のさるすべりとそっくりの樹《き》が……」

「その人《ひと》」は、ほとんど見《み》えない目《め》で、ミレイちゃんの顔《かお》を見《み》つめました。

「……でもぼくにはただ一《ひと》つ心《こころ》のこりがある……ミサトはどうなるのだろう……ぼくがいなくなったあとに……」

ミレイちゃんは「その人《ひと》」の手《て》を強《つよ》く、強《つよ》く握《にぎ》りしめました。

「……大《おお》バーバは……ミサトさんは元気《げんき》で長生《ながい》きします……幸《しあわ》せに暮《く》らします」

「……きみはそれを見《み》たんだね……そしてそれを伝《つた》えるためにここに来《き》てくれたんだ

ね……ありがとう……もう思《おも》いのこすことはなにもない……そうだこれをきみにあげよう」

そういうと、「その人《ひと》」は、ひどくゆったりとした動《うご》きで手《て》をズボンのポケットに入《い》れると、ひとつかみの、毛《け》のかたまりをミレイちゃんの手《て》に握《にぎ》らせました。

「ぼくはミサトと同《おな》じぬいぐるみを背《はい》のうの中《なか》に隠《かく》して持《も》ってきた……けれども逃《に》げて逃《に》げて逃《に》げるうちに古《ふる》かったぬいぐるみは壊《こわ》れて破《やぶ》れて裂《さ》けてしまった……もうこれだけしか残《のこ》っていない……もうぼくには必要《ひつよう》のないものだから」

86　さよなら、リング

「もう行《い》きなさい」

「その人《ひと》」は疲《つか》れた声《こえ》でいいました。

「でも……」

「いいんだ……もうぼくはここを動《うご》くことができない……動《うご》けなくなった兵士《へいし》には最《さい》後《ご》の仕事《しごと》が残《のこ》っているんだ……可愛《かわい》いお嬢《じょう》さん……行《い》きなさい……戦場《せんじょう》を離《はな》れなさい……そして戦場《せんじょう》を離《はな》れたら二度《にど》と戻《もど》って来《き》てはいけない……ここで起《お》こったこと見《み》たことを……忘《わす》れなければいけないよ……わかったかい」

　そういうと「その人《ひと》」は最後《さいご》の力《ちから》をふりしぼってミレイちゃんを突《つ》きました。

「……戻《もど》りなさい……きみの世界《せかい》に……いいかい……絶対《ぜったい》にふり返《かえ》ってはいけないよ……」

ドン。ドン。ドン。ドン。恐《おそ》ろしい音《おと》と響《ひび》きが戻《もど》ってきました。

「ミレイちゃん、行《い》きましょう！」

ビーちゃんが叫《さけ》びました。ミレイちゃんは走《はし》りだしました。そして、何歩《なんほ》か進《すす》むと、一度《いちど》だけ、赤《あか》い花《はな》の咲《さ》く樹《き》の方《ほう》をふり返《かえ》りました。「その人《ひと》」は樹《き》にもたれ、静《しず》かにねむっているようでした。

「さよなら！」

ミレイちゃんは走《はし》りだしました。どこへ？　わかりません。でも、ここにいてはいけないのです。「その人《ひと》」がいったように。

目《め》の前《まえ》に兵士《へいし》がひとり姿《すがた》を見《み》せました。やせこけて目《め》の鋭《するど》いその兵士《へいし》は銃《じゅう》を手《て》にして、ミレイちゃんに近《ちか》づいてきます。

「おお、どうしたんだい。こんなところで。こっちへおいで。こわくないよ」

ミレイちゃんは、後《あと》ずさりしました。

「なんだ、気《き》づいたのか。でも、ここではおまえは逃《に》げることはできない。手間《てま》をかけさせないでくれ。おれだってこんなことはしたくない。だが、おれは家族《かぞく》のところに戻《もど》らなきゃならない。そのためには、なんだってやるつもりだ……」

兵士《へいし》のことばが終《お》わる前《まえ》に、ミレイちゃんは走《はし》りだしました。すぐに、兵士《へいし》はミレイちゃんを追《お》いかけてきました。

「待《ま》て！　撃《う》つぞ！」

ミレイちゃんは走《はし》りました。おとうさん！　おかあさん！　バーバ！

いったいどこを走《はし》っているのかミレイちゃんにはわかりませんでした。すぐうしろを追《お》いかけてくる兵士《へいし》の足音《あしおと》が聞《き》こえました。そして、その音《おと》は、少《すこ》しずつ近《ちか》づいてくるのです。

だれか！　助《たす》けて！

そのときでした。何匹《なんびき》もの犬《いぬ》のほえる声《こえ》と、兵士《へいし》の怒鳴《どな》り声《ごえ》が聞《き》こえたのです。ふり返《かえ》ると、犬《いぬ》たちが兵士《へいし》に飛《と》びかかっています。あの「犬《いぬ》たちの丘《おか》」にいたアーダやジャッジャやイグルーやマインマックやヒンナです。そして、リングも。いらだった兵士《へいし》が銃《じゅう》を構《かま》えるのが見《み》えました。

「このクソ犬《いぬ》め！」

バンッ！　その瞬間《しゅんかん》、リングのからだが跳《は》ねるように飛《と》びました。ミレイちゃんは悲鳴《ひめい》を上《あ》げました。

87 最後《さいご》の夜《よる》

ミレイちゃんは、繁《しげ》みの中《なか》に倒《たお》れていました。目《め》を開《あ》けると、木《こ》の葉《は》の間《あいだ》から、青《あお》く深《ふか》く澄《す》んだ空《そら》が見《み》えました。ミレイちゃんがよく知《し》っている、鎌倉《かまくら》の空《そら》です。どうやら崖《がけ》から落《お》ちたみたいでした。でも、大《おお》きなケガはしていないようです。腕《うで》の中《なか》にはビーちゃんもいます。そして、すぐかたわらには、リングのからだも。まるでねむっているみたいです。

「……リング……リング……？」

ミレイちゃんはすぐに気《き》がつきました。リングはただねむっていたのではありません。生涯《しょうがい》を走《はし》り終《お》えて、もう覚《さ》めることのない、永《なが》いねむりの日々《ひび》へ旅立《たびだ》ってしまったのです。

「リング！」

ミレイちゃんは、リングのからだを抱《だ》きかかえると、そのまま「館《やかた》」に帰《かえ》りました。「館《やかた》」に戻《もど》り、心配《しんぱい》して外《そと》の道《みち》までむかえに出《で》ていたバーバの顔《かお》を見《み》ると、おさえていた涙《なみだ》があふれだし、止《と》まりませんでした。ミレイちゃんの腕《うで》の中《なか》のリングを見《み》ると、バーバはすべてを察《さっ》しました。

「ミレイちゃん、泣《な》くことはない。リングは寿命《じゅみょう》だったんだよ」

ちがうの、バーバ……リングは、わたしを助《たす》けようとして、死《し》んでしまったの。

「あした、リングをうめてあげよう。リングが大好《だいす》きだった、あの、さるすべりの樹《き》の根《ね》もとにね」

どんな長《なが》い夏休《なつやす》みも、やがて終《お》わります。ミレイちゃんの長《なが》い夏休《なつやす》みもまた。

「館《やかた》」で過《す》ごす最後《さいご》の夜《よる》が来《き》ました。

夕食《ゆうしょく》も終《お》わり、パジャマに着替《きが》えたミレイちゃんは、夜中《よなか》になると、そっと起《お》き上《あ》がり、いちばん好《す》きなワンピースに着替《きが》えたのです。驚《おどろ》いたビーちゃんがたずねました。

「どうしたんです、ミレイちゃん！」

「今日《きょう》が、『館《やかた》』で過《す》ごす夏休《なつやす》みの、最後《さいご》の晩《ばん》よね。わたし、きっと、今夜《こんや》はミサトさんに会《あ》えると思《おも》うの。いいえ、わたし、ミサトさんにどうしても会《あ》わなきゃならないの」

　そして、ミレイちゃんは、ベッドに腰《こし》かけ、待《ま》ったのです。

　どのくらい時間《じかん》がたったでしょうか。いつの間《ま》にか、ミレイちゃんはベッドに横《よこ》になってねむっていたのです。ビーちゃんが耳《みみ》もとでささやく声《こえ》が遠《とお》くから聞《き》こえます。

「ミレイちゃん……」

「……どうしたの？」

「振《ふ》り子時計《こどけい》が動《うご》いています」

「ほんとうだ」

　闇《やみ》の中《なか》で、カチカチ、振《ふ》り子時計《こどけい》が時《とき》を刻《きざ》んでいます。そして……。

　……ボーン、ボーン、ボーン……

「ビーちゃん、行《い》こう。あの部屋《へや》に」

「ハッ、ハイ！」

　ミレイちゃんは「赤《あか》の部屋《へや》」の扉《とびら》をノックしました。中《なか》から返事《へんじ》はありません。

「どうしよう……」

　でも、ミレイちゃんは思《おも》いきって、扉《とびら》をゆっくり押《お》し開《あ》けることにしたのです。

88
いつまでも少女《しょうじょ》のままで

「赤《あか》の部屋《へや》」は、しんと静《しず》まりかえっていました。だれもいないのでしょうか。

そのときでした。ベッドから、か細《ほそ》い声《こえ》が聞《き》こえたのです。

「……だれか……いるの……アヤさん？」

ミレイちゃんが、ゆっくりとベッドに近《ちか》づくと、顔《かお》の近《ちか》くまで布団《ふとん》をかけていたおばあさんが、うっすらと目《め》を開《あ》けました。

「……ミサト……さん？」

そうです。そこに横《よこ》になっていたのは、大《おお》バーバだったのです。

「……もしかしたら……妖精《ようせい》さん？……会《あ》いに来《き》てくれたの？」

「だって、ゆびきりげんまんしたでしょう？」

「……うれしい……」

大《おお》バーバはそっと片方《かたほう》の手《て》を布団《ふとん》から出《だ》して、ミレイちゃんの手《て》を握《にぎ》りました。でも、力《ちから》はほとんどありません。大《おお》バーバの目《め》から一粒《ひとつぶ》、涙《なみだ》がこぼれ落《お》ちました。

「もうずっと……具合《ぐあい》が悪《わる》くって……さっきまで胸《むね》が痛《いた》くてアヤさんを呼《よ》ぼうと思《おも》ったけれど……それもできなくて……もうこのまま起《お》きられないのかな……って思《おも》っていたの」

「ミサトさん……」

ミレイちゃんは、そういうと、ミサトさんの、いえ、大《おお》バーバの手《て》を強《つよ》く握《にぎ》りました。

「妖精《ようせい》さん……あなたがいつか来《き》てくれるだろうって信《しん》じてた……ずっとずっと待《ま》っていたの……何十年《なんねん》もね……あなたに会《あ》って話《はな》したいことがあった……あなたにならば話《はな》せるって……夏《なつ》になると夜《よる》はいつも扉《とびら》を見《み》ていたわ……外《そと》から音《おと》がするとあなたじゃないかってワクワクした……でもあなたは来《こ》なかった」

「ごめんなさい」

「いいの……最後《さいご》に会《あ》いに来《き》てくれたんですもの……でも……あたしはこんなに年《とし》をとったのに……あなたは……いつまでも少女《しょうじょ》のままなのね」

ミレイちゃんは胸《むね》がいっぱいで、なにを話《はな》せばいいのかわかりませんでした。

「あなたに会《あ》ったら話《はな》したいことがたくさんあったの……ほんとうにたくさん……どんなふうに生《い》きてなにがあったのかを……あなたに話《はな》したかった……でももう遅《おそ》いわね……もう話《はな》す元気《げんき》がなくなってしまったわ……そう……でも……」

「でも、なんですか？」

「ムネヒコさんは……あの人《ひと》は……どんなふうにお亡《な》くなりになったんだろう……苦《くる》しまれたんだろうか……そのことだけがずっと心《こころ》のこりだったの……わからないに決《き》まっているのだけど……」

「ミサトさん！　ムネヒコさんは、最後《さいご》までミサトさんのことを心配《しんぱい》していました。ミサトさんのことばかり。そして……苦《くる》しまれずに、この『館《やかた》』のさるすべりとそっくりの赤《あか》い花《はな》の咲《さ》く樹《き》の下《した》で亡《な》くなられました……最後《さいご》に、わたしに、ムネヒコさんの『ビーちゃん』のからだの残《のこ》りをくださって」

ミレイちゃんは、それだけいうのが精一杯《せいいっぱい》でした。

89 「夏《なつ》」へつづく道《みち》

「……ムネヒコさんにお会《あ》いになったのね」

「はい」

「よかった……最後《さいご》にひとりぼっちではなくて……ほんとうによかった」

ミレイちゃんは、ムネヒコさんから手渡《てわた》された、ひとつかみの、毛《け》のかたまりを大《おお》バーバの手《て》に握《にぎ》らせました。

「これが……『ビーちゃん』の……」

「ありがとう……妖精《ようせい》さん……ねえ……お願《ねが》いがあるのだけれど聞《き》いてくださる？」

「はい、なんでもいってください！」

「あたしの『ビーちゃん』を連《つ》れてきて……椅子《いす》に座《すわ》らせて……ベッドの横《よこ》に……そう……それから……『ビーちゃん』の肩《かた》のぬい目《め》がほころんだところに……この毛《け》を

入《い》れてあげて……そこがいちばんふさわしい場所《ばしょ》だと思《おも》うの……」

「ミサトさん、大丈夫《だいじょうぶ》ですか？　だれか、呼《よ》びましょうか？」

「……大丈夫《だいじょうぶ》よ……あなたを……妖精《ようせい》さんをほかのだれにも見《み》せられないでしょ……もう一つ……お願《ねが》いがあるの」

「なんですか？」

「窓《まど》を開《あ》けて……ほしいの……ぜんぶ」

いわれたとおり、ミレイちゃんは、部屋《へや》の窓《まど》を一つずつ開《あ》けてゆきました。夏《なつ》の夜《よる》とさるすべりの匂《にお》いが一斉《いっせい》に部屋《へや》に入《はい》ってきます。

「いい匂《にお》い」

ミレイちゃんがそういうと、ベッドで寝《ね》ている大《おお》バーバも、ほほえんだようでした。

そのときでした。強《つよ》い風《かぜ》が窓《まど》から吹《ふ》きこみ、その瞬間《しゅんかん》、さるすべりの花《はな》びらが激《はげ》しい勢《いきお》いで部屋《へや》に流《なが》れこんできたのです。

「わあ、すごい！　花《はな》の川《かわ》が流《なが》れてくるみたいですね、ミサトさん」

部屋《へや》の中《なか》を赤《あか》い花《はな》びらが舞《ま》っています。けれども、大《おお》バーバの返事《へんじ》はありませんでした。大《おお》バーバは静《しず》かにまぶたを閉《と》じていました。そして、二度《にど》と開《ひら》くことはなかったのです。

「大《おお》バーバ……」

ミレイちゃんは口《くち》をおさえるのがやっとでした。だって、そうしないと、泣《な》き声《ごえ》を上《あ》げてしまいそうだったから。

そして、ミレイちゃんは気《き》づいたのです。最後《さいご》の晩《ばん》に、「赤《あか》の部屋《へや》」の窓《まど》を開《あ》け、「ビーちゃん」を椅子《いす》に座《すわ》らせ、ベッドの横《よこ》に置《お》いたのは自分《じぶん》だということに。

ミレイちゃんは、目《め》を覚《さ》ましました。ワンピースのままベッドで寝《ね》ていたようです。部屋《へや》の外《そと》で音《おと》が聞《き》こえます。ミレイちゃんが出《で》てゆくと、バーバが掃除《そうじ》をしていました。

「起《お》こしてごめんね。どうも、昨日《きのう》の晩《ばん》、振《ふ》り子時計《こどけい》を壁《かべ》にとめていたネジが古《ふる》くなって、床《ゆか》に落《お》ちたらしい。粉々《こなごな》に壊《こわ》れたから、もう捨《す》てるしかないね。残念《ざんねん》なことだけれど」

ミレイちゃんは、ビーちゃんにそっといいました。

「あの時計《とけい》は、わたしたちを『夏《なつ》』へ連《つ》れていってくれる道《みち》だったんだ。道《みち》は閉《と》ざされてしまったわ。もう、あの夏《なつ》へ行《い》くことはできないのね」

90 ゆっくりおやすみ、樹《き》の下《した》で

これで、わたしのお話《はなし》はおしまいです。最後まで聞《き》いてくれて、ほんとうにありがとう。

みなさんは、もう気《き》づいていますね？

わたしは、ミサトさんのぬいぐるみでした。ミサトさんと一緒《いっしょ》に長《なが》い年月《ねんげつ》を過《す》ごしたのです。楽《たの》しかった。そして、嬉《うれ》しかった。でも、やがてミサトさんも年《とし》をとり、亡《な》くなるときがきました。

ぬいぐるみは、持《も》ち主《ぬし》が亡《な》くなると、その運命《うんめい》を共《とも》にします。同《おな》じように、永遠《えいえん》のねむりにつくのです。ミサトさんがまぶたを閉《と》じたとき、わたしもまぶたを閉《と》じました。

ところが不思議《ふしぎ》なことが起《お》こりました。わたしの胸《むね》の中《なか》に小《ちい》さな火《ひ》のようなものが

あって、わたしをねむらせてくれなかったのです。なぜだろう。わたしは考《かんが》えました。なにがわたしを安《やす》らかにねむらせてくれないのだろう。

悲《かな》しみが世界《せかい》に残《のこ》っていたからです。それは、ミサトさんが残《のこ》した悲《かな》しみでした。その悲《かな》しみが晴《は》れない限《かぎ》り、わたしもまたねむることができなかったのです。

どうしたらいいのだろう。わたしは、ただのぬいぐるみにすぎないというのに。

わたしは、夢《ゆめ》の通《かよ》う道《みち》を歩《ある》いて、ミサトさんの悲《かな》しみをいやしてくれる者《もの》を探《さが》しました。ずっとずっと。そして、ミレイちゃんを見《み》つけたのです。ミサトさんにそっくりの、この、優《やさ》しい、愛《あい》にあふれた女《おんな》の子《こ》なら、ミサトさんの悲《かな》しみをいやしてくれるのではないか。わたしは、そう思《おも》ったのです。

それからなにがあったのかは、みなさんもご存《ぞん》じですね。ミレイちゃんは、「館《やかた》」に来《き》て、「夏《なつ》」へつづく道《みち》を見《み》つけました。そして、傷《きず》ついた世界《せかい》を修復《しゅうふく》してくれたのです。

でも、どうして、ミレイちゃんにそんなことができたのでしょう。

実《じつ》は、世界《せかい》は一つではない、ともいわれています。この世界《せかい》のすぐ近《ちか》くに、この世《せ》界《かい》によく似《に》た世界《せかい》がたくさんあるのだと。たとえば、その世界《せかい》の一つでは戦争《せんそう》が起《お》こらず、また別《べつ》の世界《せかい》では、結《むす》ばれなかった人《ひと》たちが結《むす》ばれるのです。

もしかしたら、ミレイちゃんは、別《べつ》の世界《せかい》では、ミサトさんとムネヒコさんの娘《むすめ》だったのかもしれませんね。もちろん、それはわたしの空想《くうそう》にすぎないのですが。

いま、わたしは、ただ白《しろ》いぼんやりした光《ひかり》が包《つつ》む世界《せかい》にいて、長《なが》い長《なが》い道《みち》を歩《ある》いています。この先《さき》には、すべてのぬいぐるみがたどり着《つ》く場所《ばしょ》があるのだそうです。そこには、それはそれは大《おお》きな樹《き》があって、ぬいぐるみたちは、最後《さいご》にその樹《き》の下《した》に座《すわ》り、永《なが》いねむりに入《はい》ることになるのです。

そして……言《い》い伝《つた》えでは、永《なが》いねむりのあと、肩《かた》をたたかれて目《め》を覚《さ》ますと、持《も》ち主《ぬし》が目《め》の前《まえ》にいて、もう一度《いちど》抱《だ》きしめてくれるのだそうです。

ほんとうだといいな。だって、わたしのたった一つの願《ねが》いは、もう一度《いちど》、ミサトさんに抱《だ》きしめてもらうことだったのですから。

あとがき

高橋源一郎《たかはしげんいちろう》

『ゆっくりおやすみ、樹《き》の下《した》で』は、ぼくにとって最初《さいしょ》の「児童文学《じどうぶんがく》」となります。もちろん、どんな小説《しょうせつ》も真剣《しんけん》に取《と》り組《く》みますが、この作品《さくひん》ほど、長《なが》く時間《じかん》をかけて構《こう》想《そう》を練《ね》り、資料《しりょう》にあたり、細部《さいぶ》を考《かんが》えた作品《さくひん》は、いままでなかったように思《おも》えます。それは、子《こ》どもたちこそ、もっとも手《て》ごわい読者《どくしゃ》だからです。

最初《さいしょ》に決《き》めたのは、連載《れんさい》の期間《きかん》が7月《がつ》から9月《がつ》にかけての3カ月《げつ》だったので、「ひとりの女《おんな》の子《こ》の夏休《なつやす》みの物語《ものがたり》」であることでした。それはやがて、ぼくの中《なか》で「この国《くに》の夏休《なつやす》みの物語《ものがたり》」に変《か》わってゆきました。

子《こ》どもたちは「夏休《なつやす》み」が大好《だいす》きです。ぼくも、子《こ》どもの頃《ころ》は夏休《なつやす》みが大好《だいす》きでした。「夏休《なつやす》み」には、独特《どくとく》の「何《なに》か」があるように思《おも》います。

明治《めいじ》になって、新《あたら》しい国《くに》が出来《でき》、若者《わかもの》たちは地方《ちほう》から都会《とかい》へ出《で》てゆきました。そして、都会《とかい》で働《はたら》き、家《いえ》を作《つく》りました。けれども、その「地方《ちほう》」、「田舎《いなか》」や「故郷《こきょう》」と呼《よ》ばれた場所《ばしょ》と切《き》り離《はな》されたわけではなく、「お盆《ぼん》」には、新《あたら》しい家族《かぞく》、つまり子《こ》どもたちを連《つ》れて、戻《もど》っていったのです。ぼくもまた、父《ちち》や母《はは》の「故郷《こきょう》」である、彼《かれ》らの「実家《じっか》」に連《つ》れてゆかれました。「夏休《なつやす》み」は「おじいちゃん、おばあちゃんのいる田舎《いなか》」に戻《もど》ることだったのです。ぼくにとって（あるいは、すべての、近代日本《きんだいにほん》の子《こ》どもたちにとって）、かけがえのない「夏休《なつやす》み」の思《おも》い出《で》は、そんな「田舎《いなか》」や「故《こ》郷《きょう》」と結《むす》びついていたのです。そして、「夏休《なつやす》み」は「お盆《ぼん》」の季節《きせつ》であり、それは、その家《いえ》が亡《な》くなった人《ひと》たちを迎《むか》える時《とき》でもあったのです。

『ゆっくりおやすみ、樹《き》の下《した》で』の主人公《しゅじんこう》、「ミレイちゃん」も、夏休《なつやす》みに初《はじ》めて出《で》かけた、おかあさんの実家《じっか》で、「亡《な》くなった人《ひと》たち」と出会《であ》うのです。この国《くに》の人《ひと》たちがずっとそうしてきたように。

過去《かこ》には、ぼくたちを鼓舞《こぶ》してくれる素晴《すば》らしいものがたくさん詰《つ》まっています。そのためには、ぼくたちが、そこまで出《で》かけてゆかなければなりません。どうか、みなさんも、「ミレイちゃん」と一緒《いっしょ》に、みなさんの「夏休《なつやす》み」に出《で》かけてください。

『ゆっくりおやすみ、樹《き》の下《した》で』を書《か》くにあたって、たくさんの人《ひと》たちにお世話《せわ》になりました。とりわけ、連載《れんさい》の場所《ばしょ》と機会《きかい》を提供《ていきょう》していただいた「朝日小学生新聞《あさひしょうがくせいしんぶん》」と、連載時《れんさいじ》担当《たんとう》していただき、一回一回《かいかい》、心《こころ》のこもったチェックをしていただいた谷《たに》ゆきさんに深《ふか》い感謝《かんしゃ》の言葉《ことば》を捧《ささ》げたいと思《おも》います。また、今回《こんかい》も単行本化《たんこうぼんか》に関《かん》しては、朝《あさ》日新聞出版《ひしんぶんしゅっぱん》の矢坂美紀子《やさかみきこ》さんにお世話《せわ》になりました。

そして、最後《さいご》に、素晴《すば》らしい挿絵《さしえ》を描《か》いていただいた今日《きょう》マチ子《こ》さんについて書《か》いておきたいと思《おも》います。この作品《さくひん》の構想《こうそう》ができあがったとき、挿絵《さしえ》を描《か》いていただけるなら今日《きょう》さんしかいないと思《おも》いました。そして、連載《れんさい》が始《はじ》まってからは、毎回《まいかい》、今日《きょう》さんの挿絵《さしえ》を見《み》ることが何《なに》よりの楽《たの》しみになりました。いつの間《ま》にか、ぼくが書《か》いた文章《ぶんしょう》に、今日《きょう》さんの挿絵《さしえ》がつくのではなく、今日《きょう》さんの挿絵《さしえ》に沿《そ》ってお話《はなし》を書《か》いているようになっていったのです。今日《きょう》さん、ほんとうにありがとうございました。

二〇一八年四月

文庫版《ぶんこばん》あとがき　打《う》ち明《あ》け話《ばなし》

高橋源一郎《たかはしげんいちろう》

こんにちは。この本《ほん》を買《か》っていただいて、あるいは読《よ》んでいただいて、ありがとうございます。もしかしたら、この文庫版《ぶんこばん》だけではなく、元《もと》の単行本《たんこうぼん》を読《よ》んだり買《か》ったりした方《かた》もなかにはいらっしゃるかもしれません。それなのに、まったく同《おな》じ中身《なかみ》じゃ、なんのために買《か》ったのかわからない（いや、元《もと》の本《ほん》をなくしたか、誰《だれ》かにプレゼントしたか、本棚《ほんだな》のどこにあるのかわからなくなったという人《ひと》もいるかも）。なので、この文庫版《ぶんこばん》では、みなさんに「新情報《しんじょうほう》」をお伝《つた》えしようと思います。ずっと内緒《ないしょ》にしていたことです。

まず、びっくりするようなお話《はなし》を一つ。

この作品《さくひん》、『ゆっくりおやすみ、樹《き》の下《した》で』の登場人物《とうじょうじんぶつ》にはモデルがいるのです……と書《か》くと、「知《し》ってるよ！」とおっしゃる方《かた》もいるかもしれません。主人公《しゅじんこう》の

「ミレイちゃん」の「おとうさん」は、何回《なんかい》も結婚《けっこん》している小説家《しょうせつか》で、しかも、あまり売《う》れない小説《しょうせつ》を書《か》いている。だとするなら、間違《まちが》いなく、モデルは作者自身《さくしゃじしん》！　いや、まあ、そういえばそうなんですけど。それから、小説家《しょうせつか》の「おとうさん」よりずっと若《わか》くて、「おとうさん」と結婚《けっこん》したために、家《いえ》を出《で》なきゃならなくなった「おかあさん」。それは、ぼくの妻《つま》ではないか、と。なにしろ、いまはウィキペディアがあるので、現在《げんざい》、ぼくには、子《こ》どもがいることもわかっていますが、「ミレイちゃん」のような、小学校《しょうがっこう》5年《ねん》くらいの女《おんな》の子《こ》はいません。じゃあ、「おとうさん」と「おかあさん」には実在《じつざい》のモデルがいて、「ミレイちゃん」は、「想像上《そうぞうじょう》の人物《じんぶつ》」かな。

いや、実《じつ》は「ミレイちゃん」こそ、モデルがいるのです。「ミレイちゃん」は、当時《とうじ》小学校《しょうがっこう》2年生《ねんせい》だった姪《めい》をモデルにしています。それから、「ミレイちゃん」と常《つね》に一緒《いっしょ》にいることになる老犬《ろうけん》「リング」にもモデルはいます。二人《ふたり》（？）とも、名前《なまえ》の方《ほう》も、小説《しょうせつ》の中《なか》の「ミレイ」と「リング」によく似《に》ています。

もちろん、新聞《しんぶん》に連載《れんさい》が始《はじ》まるとき、ほんものの「ミレイちゃん」にも伝《つた》えました。「君《きみ》をモデルにした小説《しょうせつ》を書《か》くよ」と。ちゃんと許可《きょか》はとりました。外見《がいけん》は「ミレイちゃん」そっくりな彼女《かのじょ》は、でも、まだ小学校《しょうがっこう》2年《ねん》でした。だから、彼女《かのじょ》の少《すこ》し未来《みらい》の姿《すがた》を想像《そうぞう》しながら、ぼくは、小説《しょうせつ》を書《か》いてゆきました。

ほんものの「ミレイちゃん」も、実は、本を読むのが大好きです。連載《れんさい》が終《お》わり、単行本《たんこうぼん》ができたとき、最初《さいしょ》にプレゼントした相手《あいて》も彼女《かのじょ》です。そのとき、彼女《かのじょ》は小学校《しょうがっこう》3年《ねん》になったばかり。感想《かんそう》は「おもしろかった！」。やった！　なんとうれしい返事《へんじ》でしょう。それ以来《いらい》、彼女《かのじょ》は、何度《なんど》も、この本《ほん》を読《よ》んでくれています。しかし、自分《じぶん》がモデルの小説《しょうせつ》を読《よ》むのは、どんな気持《きも》ちなんでしょうね。

さて、「リング」のモデルとなった老犬《ろうけん》は、さらに齢《とし》を重《かさ》ね、着実《ちゃくじつ》に老《お》いつつあります。ふだんは、妻《つま》の妹《いもうと》が飼《か》っているけれど、彼女《かのじょ》が実家《じっか》のある鎌倉《かまくら》に遊《あそ》びに来《く》るときには、しばらく逗留《とうりゅう》したりします。そして、たいていは、部屋《へや》の隅《すみ》に寝《ね》そべって、ぼんやりどこかを眺《なが》めています。目《め》もよく見《み》えなくなってきたようですが、でもなにかを見《み》ているような気《き》がしてならない。小説《しょうせつ》の中《なか》の「リング」は、亡《な》くなってしまったけれど、ほんものの「リング」の方《ほう》は、長生《ながい》きしてくれるといいな。この、ほんものの「リング」が、どんな生涯《しょうがい》を送《おく》ってきたかは、実《じつ》は、この本《ほん》の中《なか》に書《か》かれています。どこでしょうか？

「ミレイちゃん」や「リング」だけではありません。実《じつ》は「バーバ」にも「ミサトさん」にも「大《おお》バーバ」にも「ムネヒコさん」にも「館《やかた》」にも「二階堂《にかいどう》の家《いえ》」にも「ヨシダさん」にも、みんなモデルがいます、いや、あるのです。不思議《ふしぎ》ですよね。どれもみんな、現実《げんじつ》にいた人たち、現実《げんじつ》にあった場所《ばしょ》や建物《たてもの》なのに、小説《しょうせつ》の中《なか》に置《お》かれると、なんだかとても不思議《ふしぎ》な存在《そんざい》に感《かん》じられてしまう。そのことにいちばん驚《おどろ》いたのは、作者《さくしゃ》であるぼくだったのかもしれません。

最後《さいご》に一つだけ。ぬいぐるみの「ビーちゃん」にも、もちろんモデルはいますよ！　なんと、我《わ》が家《や》にね！　ああ、当人《とうにん》の承諾《しょうだく》をとらないで書《か》いてしまった。どうしよう！

二〇二一年《ねん》六月《がつ》

解説

一度《いちど》きりの永遠《えいえん》の夏《なつ》

穂村《ほむら》弘《ひろし》

ひと夏《なつ》の物語《ものがたり》が好《す》きだ。子《こ》どもたちが、大人《おとな》の目《め》には見《み》えない不思議《ふしぎ》な世界《せかい》をくぐり抜《ぬ》ける冒険《ぼうけん》をする。そして、季節《きせつ》の終《お》わりとともに、少《すこ》しだけ、けれども決定的《けっていてき》に以前《いぜん》とは変《か》わった自分《じぶん》に気《き》づく。そんな物語《ものがたり》の系譜《けいふ》がある。どうしてか、その魔法《まほう》の季節《きせつ》は夏《なつ》と決《き》まっているようだ。ひと春《はる》の物語《ものがたり》やひと秋《あき》の物語《ものがたり》やひと冬《ふゆ》の物語《ものがたり》というのは、あまり耳《みみ》にしたことがない。私自身《わたしじしん》は、そんな素晴《すば》らしい夏《なつ》に一度《いちど》も出会《であ》うことのないまま、平凡《へいぼん》に時《とき》を過《す》ごして大人《おとな》になってしまった。だからこそ、憧《あこが》れるのかもしれない。

『ゆっくりおやすみ、樹《き》の下《した》で』という本《ほん》を開《ひら》いた時《とき》、それがひと夏《なつ》の物語《ものがたり》であることを知《し》った。冒険《ぼうけん》の主人公《しゅじんこう》は11歳《さい》の女《おんな》の子《こ》ミレイちゃんだ。ミレイちゃんを待《ま》っていたのは、とびきりの夏休《なつやす》みだった。

ミレイちゃんのまぶたが重《おも》たくなってきました。確《たし》かに、夏休《なつやす》みはもう始《はじ》まっています。でも、ミレイちゃんにとっての「生《う》まれて初《はじ》めてのほんとうの夏休《なつやす》み」はあしたから始《はじ》まるのです。あしたからね……あした……から。

明日《あす》、とんでもなく素晴《すば》らしいことが起《お》きる。その予感《よかん》に充《み》ちた前夜《ぜんや》の感覚《かんかく》が描《えが》かれている。「……」がいいなあ、と思《おも》う。眠《ねむ》りに落《お》ちてゆくミレイちゃんの心《こころ》に寄《よ》り添《そ》っているんだろう。

……夜《よる》のいちばん奥底《おくそこ》で、だれかが「時間《じかん》の鍵《かぎ》」を静《しず》かに回《まわ》す音《おと》が聞《き》こえました。いや、ほんとうは、みんな深《ふか》いねむりの底《そこ》にいて、音《おと》を聞《き》いた者《もの》などいなかったのでしたが。

なんだかどきどきするのは、どうしてだろう。内容《ないよう》もさることながら、独特《どくとく》の口調《くちょう》に秘密《ひみつ》がありそうだ。この不思議《ふしぎ》な語《かた》りの声《こえ》には、なんとも云《い》えない魅力《みりょく》がある。書《か》き手《て》の高橋源一郎《たかはしげんいちろう》さんは、もともと特別《とくべつ》な声《こえ》の持《も》ち主《ぬし》だ。どんなに難《むずか》しい文学《ぶんがく》の本《ほん》の中《なか》でも、少《すこ》しも構《かま》えることなく、友《とも》だちのように語《かた》りかけてくる。そんな作者《さくしゃ》が、この本《ほん》を「ぼくにとって最初《さいしょ》の『児童文学《じどうぶんがく》』」（「あとがき」より）と位置《いち》づけて書《か》こうとしたことで、その語《かた》り口《くち》はいっそう魔力《まりょく》を増《ま》しているようだ。
主人公《しゅじんこう》ミレイちゃんの相棒《あいぼう》は、クマのぬいぐるみのビーちゃんだ。

隣《となり》の椅子《いす》には、ビーちゃんも腰《こし》かけている。その前《まえ》にも本《ほん》が置《お》かれています。『希望《きぼう》の花《はな》を胸《むね》に』とか。『日本《にほん》の神々《かみがみ》』とか。
どういう本《ほん》なんでしょう。とにかく、ミレイちゃんが読《よ》む本《ほん》より難《むずか》しいものが多《おお》いみたいです。ぬいぐるみの知性《ちせい》は、人間《にんげん》より上《うえ》だといわれているんですよ。

へえ、と驚《おどろ》く。「ぬいぐるみの知性《ちせい》は、人間《にんげん》より上《うえ》」だったのか。知《し》らなかった。でも、そういえば、ぬいぐるみは戦争《せんそう》とかしないもんなあ。
夏休《なつやす》みの間《あいだ》、ミレイちゃんとビーちゃんは、おかあさんのおかあさんであるバーバが暮《く》らす「館《やかた》」で過《す》ごすことになる。

「そうだよ。ずっとここで暮《く》らして、だんだんわかってきたことがある。この『館《やかた》』は、長《なが》い、長《なが》い、覚《さ》めない『夢《ゆめ》』をずっと見《み》ているんだ。それは、この

『館《やかた》』で起《お》こったこと、ここに住《す》んだ人《ひと》たち、ここを訪《おとず》れた人《ひと》たちの『夢《ゆめ》』だ」

バーバはそんな風《ふう》に教《おし》えてくれた。「あたしたちの周《まわ》りにあるものは、みんな、『夢《ゆめ》』を見《み》ている」と。「夢《ゆめ》」見《み》る「館《やかた》」には、不思議《ふしぎ》な振《ふ》り子時計《こどけい》があった。斜《なな》めに傾《かたむ》いて止《と》まってしまった時計《とけい》。真夜中《まよなか》に、動《うご》かないはずのそれが時《とき》を打《う》つ時《とき》、特別《とくべつ》な時間《じかん》が流《なが》れ出《だ》す。普通《ふつう》の時計《とけい》が示《しめ》しているのは真直《まっす》ぐに進《すす》んで後戻《あともど》りしない時間《じかん》、それは生《せい》から死《し》へと向《む》かう時間《じかん》でもある。でも、「館《やかた》」の振《ふ》り子時計《こどけい》が告《つ》げるのは、もう一つの魔法《まほう》の時間《じかん》だ。その中《なか》で、ミレイちゃんは過去《かこ》の「夢《ゆめ》」たちに出会《であ》うことになる。

「夢《ゆめ》」の中《なか》で出会《であ》った一人《ひとり》に、ミレイちゃんはこんなお話《はなし》を朗読《ろうどく》してもらう。

「楽隊《がくたい》の音《おと》は、あんなに楽《たの》しそうに、力《ちから》づよく鳴《な》っている。あれを聞《き》いていると、生《い》きて行《い》きたいと思《おも》うわ！　まあ、どうだろう！　やがて時《とき》がたつと、わたしたちも永久《えいきゅう》にこの世《よ》にわかれて、忘《わす》れられてしまう。わたしたちの顔《かお》も、声《こえ》も、なんにん姉妹《きょうだい》だったかということも、みんな忘《わす》れられてしまう。でも、わたしたちの苦《くる》しみは、あとに生《い》きる人《ひと》たちの悦《よろこ》びに変《かわ》って、幸福《こうふく》と平和《へいわ》が、この地上《ちじょう》におとずれるだろう。そして、現在《げんざい》こうして生《い》きている人《ひと》たちを、なつかしく思《おも》いだして、祝福《しゅくふく》してくれることだろう。ああ、可愛《かわい》い妹《いもうと》たち、わたしたちの生活《せいかつ》は、まだおしまいじゃないわ。生《い》きて行《い》きましょうよ！　楽隊《がくたい》の音《おと》は、あんなに楽《たの》しそうに、あんなに嬉《うれ》しそうに鳴《な》っている。あれを聞《き》いていると、もう少《すこ》ししたら、なんのためにわたしたちが生《い》きているのか、なんのために苦《くる》しんでいるのか、わかるような気《き》がするわ。……それがわかったら、それがわかったらね！」

「三人姉妹《さんにんしまい》」（チェーホフ）

ここに描《えが》かれた「現在《げんざい》こうして生《い》きている人《ひと》たち」と「あとに生《い》きる人《ひと》たち」、つまり今《いま》と未来《みらい》という二つの時間《じかん》は、「楽隊《がくたい》の音《おと》」の中《なか》で一つになり、同時《どうじ》に生《い》きているように感《かん》じられる。「わたしたち」はばらばらの時《とき》を生《い》きるばらばらの魂《たましい》ではない、と。

「館《やかた》」の振《ふ》り子時計《こどけい》は、この「楽隊《がくたい》の音《おと》」をさらに強《つよ》めた力《ちから》を持《も》っているようだ。そんな魔法《まほう》の時間《じかん》の中《なか》で、「館《やかた》」の過去《かこ》の「夢《ゆめ》」たちは、未来《みらい》を生《い》きるミレイちゃんという小《ちい》さな女《おんな》の子《こ》を受《う》け入《い》れる。魂《たましい》と魂《たましい》が時間《じかん》を超《こ》えて一つになる。それによって、遠《とお》い昔《むかし》の悲《かな》しみが癒《い》やされ、傷《きず》ついた夏《なつ》が修復《しゅうふく》される。でも、その代《か》わりのように振《ふ》り子時計《こどけい》は壊《こわ》れてしまった。

「あの時計《とけい》は、わたしたちを『夏《なつ》』へ連《つ》れていってくれる道《みち》だったんだ。道《みち》は閉《と》ざされてしまったわ。もう、あの夏《なつ》へ行《い》くことはできないのね」

魔法《まほう》の季節《きせつ》は短《みじか》い。たった一度《いちど》きりの永遠《えいえん》の夏《なつ》。その切《せつ》なさに、胸《むね》が締《し》めつけられる。ミレイちゃんとビーちゃんのひと夏《なつ》の物語《ものがたり》は終《お》わった。

特別《とくべつ》な物語《ものがたり》の余韻《よいん》の中《なか》で、本《ほん》を閉《と》じたあとも、しばらくぼうっとしてしまう。とびきりの夏休《なつやす》みを過《す》ごしたミレイちゃんが羨《うらや》ましい。そんな素晴《すば》らしい夏《なつ》に、私《わたし》はまだ出会《であ》えないまま。ただ、読《よ》み終《お》えた本《ほん》の表紙《ひょうし》に手《て》を置《お》いて、その眩《まぶ》しさを夢見《ゆめみ》ている。

わたし、この日《ひ》の、このときのことをずっと覚《おぼ》えてる。きっと。いいえ、絶対《ぜったい》に。

※「ほんとうの夏休《なつやす》み」（私《わたし》の読書日記《どくしょにっき》「週刊文春《しゅうかんぶんしゅん》」二〇一八年《ねん》八月二日号《がつふつかごう》）を改稿《かいこう》しました。

（ほむら　ひろし／歌人《かじん》）

ゆっくりおやすみ、樹《き》の下《した》で　朝日文庫

2021年8月30日　第1刷発行

著　　者　高橋源一郎《たかはしげんいちろう》

発行者　三宮博信
発行所　朝日新聞出版
〒104-8011　東京都中央区築地5-3-2
電話　03-5541-8832（編集）
03-5540-7793（販売）

印刷製本　大日本印刷株式会社

Published in Japan by Asahi Shimbun Publications Inc.
定価はカバーに表示してあります

ISBN978-4-02-265003-0

朝日文庫

浅田 次郎
椿山課長の七日間
突然死した椿山和昭は家族に別れを告げるため、美女の肉体を借りて七日間だけ〝現世〟に舞い戻った！ 涙と笑いの感動巨編。《解説・北上次郎》

伊坂 幸太郎
ガソリン生活
望月兄弟の前に現れた女優と強面の芸能記者!? 次々に謎が降りかかる、仲良し一家の冒険譚！ 愛すべき長編ミステリー。《解説・津村記久子》

伊東 潤
江戸を造った男
海運航路整備、治水、灌漑、鉱山採掘……江戸の都市計画・日本大改造の総指揮者、河村瑞賢の波瀾万丈の生涯を描く長編時代小説。《解説・飯田泰之》

今村 夏子
星の子
病弱だったちひろを救いたい一心で、両親は「あやしい宗教」にのめり込み、少しずつ家族のかたちを歪めていく…。芥川賞作家のもうひとつの代表作。

宇江佐 真理
うめ婆《ばあ》行状記
北町奉行同心の夫を亡くしたうめ。念願の独り暮らしを始めるが、隠し子騒動に巻き込まれてひと肌脱ぐことにするが。《解説・諸田玲子、末國善己》

江國 香織
いつか記憶からこぼれおちるとしても
私たちは、いつまでも「あのころ」のままだ——。少女と大人のあわいで揺れる一七歳の孤独と幸福を鮮やかに描く。《解説・石井睦美》

恩田 陸

錆びた太陽

立入制限区域を巡回する人型ロボットたちの前に国税庁から派遣されたという謎の女が現れた！その目的とは？《解説・宮内悠介》

小川 洋子

ことり

《芸術選奨文部科学大臣賞受賞作》

人間の言葉は話せないが小鳥のさえずりを理解する兄と、兄の言葉を唯一わかる弟。慎み深い兄弟の一生を描く、著者の会心作。《解説・小野正嗣》

角田 光代

坂の途中の家

娘を殺した母親は、私かもしれない。社会を震撼させた乳幼児の虐待死事件と〈家族〉であることの光と闇に迫る心理サスペンス。《解説・河合香織》

久坂部 羊

老乱

老い衰える不安を抱える老人と、介護の負担に悩む家族。在宅医療を知る医師がリアルに描いた新たな認知症小説。《解説・最相葉月》

今野 敏

TOKAGE《トカゲ》

特殊遊撃捜査隊

大手銀行の行員が誘拐され、身代金一〇億円が要求された。警視庁捜査一課の覆面バイク部隊「トカゲ」が事件に挑む。《解説・香山二三郎》

重松 清

ニワトリは一度だけ飛べる

左遷部署に異動となった酒井のもとに「ニワトリは一度だけ飛べる」という題名の謎のメールが届くようになり……。名手が贈る珠玉の長編小説。